COLLECTION

FA L
Mon BIG d'moi
ULEUX VRE ÉANT

ANDARA

Dans la collection Mon BiG d'moi

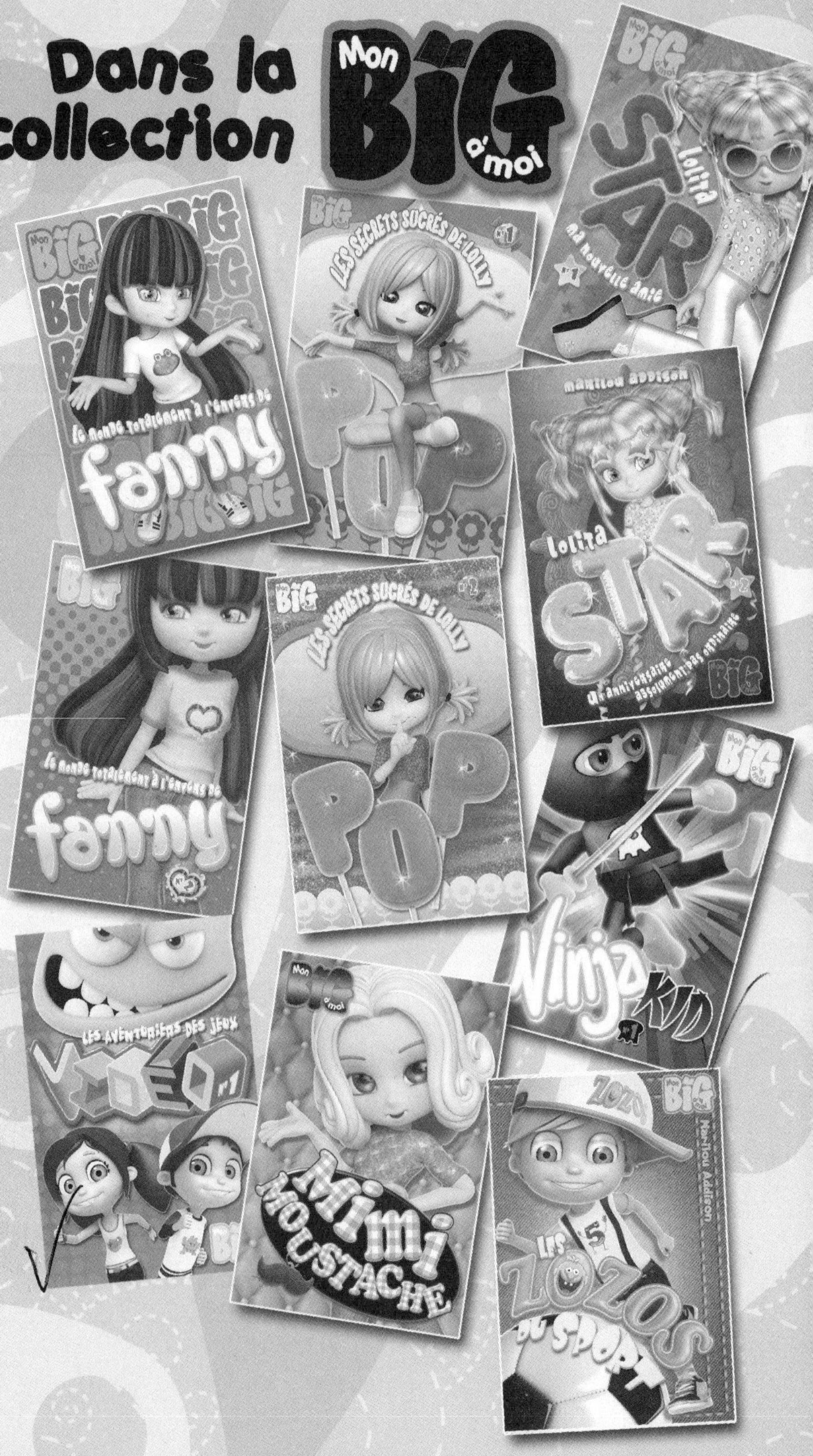

LES AVENTURIERS DES JEUX VIDÉO

TOP ZONE 1.0

GENEVIÈVE
GUILBAULT

Catalogage avant publication de Bibliothèque et Archives
nationales du Québec et Bibliothèque et Archives Canada

Guilbault, Geneviève, 1978-
Les aventuriers des jeux vidéo

(Mon BIG à moi)
Pour enfants de 8 ans et plus.

ISBN 978-2-924146-42-2 (vol. 1)

I. Titre: Top Zone 1.0

PS8613.U494A93 2015   jC843'.6   C2015-941723-6
PS8613.U494A93 2015

Écrit par Geneviève Guilbault
Illustré par Richard Petit

Dépôt légal : Bibliothèque et Archives
nationales du Québec, 4ᵉ trimestre 2015

ISBN 978-2-924146-42-2 (vol. 1)

Imprimé au Canada

3ᵉ impression: juillet 2016

Gouvernement du Québec – Programme de crédit d'impôt
pour l'édition de livres – Gestion SODEC
Andara éditeur remercie la SODEC
pour l'aide accordée à son programme éditorial.

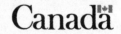

info@andara.ca
www.andara.ca

Simon est le plus heureux des garçons de la Terre!

Pourquoi? Parce que ses parents ont enfin accepté de lui acheter...

Il s'agit du plus extraordinaire, du plus passionnant et du plus populaire des jeux vidéo jamais inventés. Simon l'attend depuis si longtemps qu'il n'arrive pas à contenir sa joie.

— **WOW!** Merci, papa! Merci, maman! dit-il en sautant partout. Je suis trop content! Est-ce que je peux tout de suite aller jouer?

— Vas-y, mon grand, répond son père, un large sourire aux lèvres. Va t'amuser !

— **Yééééééé !**

Tu viens, Adèle ? On va s'installer dans ma chambre.

Adèle est la meilleure amie de Simon. Elle et lui se connaissent depuis qu'ils sont tout petits.

— Je te suis !

Les deux amis grimpent
l'escalier à toute vitesse et
s'assoient sur un petit fauteuil
rouge et bleu. Enfin seuls avec
la télé, la console de jeu et
deux grands verres de lait
au chocolat extra chocolat,
la partie peut commencer !

Simon appuie sur le bouton

et attend les instructions.

« Bienvenue dans l'univers
de  »

chers aventuriers des
jeux vidéo.

«Veuillez vous identifier.»

Simon réfléchit, puis
il sélectionne les caractères
un à un :

IDENTIFICATION
6-mon

— Bonne idée! lui dit Adèle.
À mon tour, maintenant.

Elle s'empare de la manette
et écrit :

IDENTIFICATION
AD-ÈLE

C'est parfait!

« Laquelle de ces phrases vous décrit le mieux, 6-Mon et Ad-èLe? »

 Nous avons peur d'une minuscule fourmi décapitée.

 Nous sommes braves, mais pas assez pour affronter un ours vert à trois têtes.

> Rien ne nous arrête.
> On pourrait sauter
> d'un avion en plein vol!

— Qu'est-ce qu'on répond? demande Adèle, en se grattant la tête.

— Facile! J'ai toujours rêvé de sauter d'un avion!

— Allons-y pour l'option C, alors!

« Quel est le niveau de difficulté recherché ? »

A. **Bébé fafa** : aussi endormant que tricoter une paire de pantoufles.

B. **Bof ! Pas trop pire** : plus facile qu'une promenade à dos de rhinocéros.

C. **Olé olé** : pour les amateurs de montagnes russes qui tournent à l'envers encore et encore !

Simon rigole. C'est la première fois qu'il se fait poser ce genre de questions dans un jeu vidéo. Encore une fois, son amie et lui choisissent la troisième réponse. Tant qu'à jouer, aussi bien y aller à fond!

« Bravo! Vous avez sélectionné le niveau de jeu le plus difficile. Vous êtes très braves!

« Maintenant, suivez bien les instructions. Elles vous permettront de survivre

jusqu'au tableau final.
Amusez-vous bien et surtout:
BONNE CHANCE!»

Aussitôt, une lumière
clignotante apparaît à l'écran
et grossit… Grossit…

GROSSIT!

VLOUP!

Simon et Adèle sont aspirés à l'intérieur de la télévision.

— **WOOUUUAAAAHHHHH!** Qu'est-ce qui se paaaaaasse?

— Je n'en sais rieennnnn!

Leur corps flotte dans un long tunnel lumineux. La tête en haut, la tête en bas, les mains dans le dos, les pieds dans la bouche… Ils n'ont plus aucun contrôle sur leurs mouvements.

Où vont-ils? Pourquoi la chambre a-t-elle disparu?

BONG!

Les deux amis atterrissent sur un sol dur et blanc.

— **OUCH!** Ça fait mal aux fesses!

Ensemble, ils se relèvent et observent les alentours.

— Où sommes-nous? demande Ad-èLe, inquiète.

— Aucune idée. Je n'ai jamais vu cet endroit.

— On dirait… On dirait que nous sommes À L'INTÉRIEUR du jeu vidéo !

— À l'intérieur ? Comment ça serait possible ?

— Je ne sais pas… Mais c'est toi qui l'as dit, l'autre jour. Ce jeu est différent des autres. Peut-être qu'il nous fait vivre l'aventure pour vrai.

Un tableau lumineux apparaît. Il flotte dans le vide, juste au-dessus de leurs têtes.

« Bienvenue dans le MODULE, 6-Mon et Ad-èLe.

« Voici votre matériel de survie. »

Inventaire du MODULE :

— 1 sac de bananes
— 1 corde
— 1 sac à dos
— 1 aimant

Niveau d'énergie :

Les yeux ronds, 6-Mon tourne sur lui-même et observe le MODULE.

— Je ne comprends pas, dit-il à son amie. C'est ça, le défi? Survivre? Ce n'est pas super compliqué. Il n'y a rien de dangereux, par ici.

En effet, la pièce est toute blanche. Le plancher, le plafond, les murs. Aucun danger ne les menace.

— Je ne comprends pas non plus, avoue Ad-èLe.

— Bon… prenons le sac à dos, propose 6-Mon. Il nous sera peut-être utile.

Le garçon s'approche du tableau lumineux et sélectionne le sac à dos, qui apparaît aussitôt à ses pieds.

— **Ti-babouette!** C'est rapide! Est-ce qu'il y a quelque chose à l'intérieur?

6-Mon n'a pas le temps de vérifier. Déjà, le tableau lumineux affiche :

> Votre sac est vide. Vous avez droit à UN objet supplémentaire.

— Qu'est-ce qu'on prend ? demande Ad-èLe.

— Euh... Je ne sais pas. As-tu faim ? On pourrait apporter les bananes.

Ad-èLe hausse les épaules. Non, elle n'a pas faim. 6-Mon choisit donc la corde. Ça peut toujours être utile.

Un bouton apparaît.

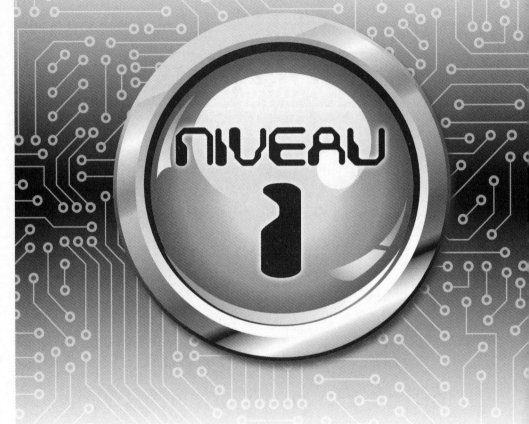

Curieux, 6-Mon et Ad-èLe appuient dessus en même temps. Ils sont aussitôt projetés dans un univers différent.

22

NIVEAU 1

SUPER PILOTES

Objectif : franchir la ligne d'arrivée avant les autres équipes.

Récompenses : une chenille, une cabine dorée et un espace supplémentaire dans votre sac à dos.

Ad-èLe se bouche les oreilles avec les doigts. L'endroit est si bruyant qu'elle en a les larmes aux yeux.

— Où est-ce qu'on est ? crie-t-elle à tue-tête.

— Je crois qu'on est sur une piste de course! lui répond 6-Mon, tout aussi fort.

— On va devoir piloter?

— Oui! Regarde, les voitures sont là. Allons en choisir une.

— Cool! Depuis le temps que je rêve de conduire comme mes parents! Ça va être génial!

6-Mon consulte le tableau des voitures.

La Lionne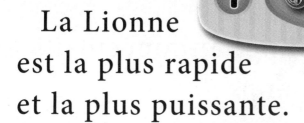
est la plus rapide
et la plus puissante.

La Bulle
peut voler
comme un nuage.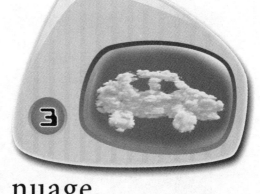

L'Escargot
est trèèèèèèès
leeeeennnnnte,
mais elle a plus
d'un tour dans son sac.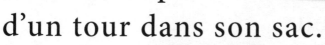

6-Mon et Ad-èLe savent déjà laquelle ils vont choisir.

— La Lionne! annoncent-ils en même temps.

La voilà qui se matérialise devant eux.

— **Wow!** Elle est magnifique!

— Oui! Et c'est moi qui conduis! dit tout de suite Ad-èLe en levant la main dans les airs.

— Pourquoi toi? Moi aussi, j'aimerais essayer!

— Je l'ai dit en premier!

— Et alors? Ce n'est pas une raison!

Les deux amis se regardent avec un air de défi. Il n'y a

qu'une façon de trancher : le tir au poignet. Ils s'installent sur le capot de la voiture et...

UN, DEUX, TROIS, GO !

Ad-èLe pousse de toutes ses forces.

6-Mon plisse les yeux et résiste autant qu'il peut.

Après une longue minute à lutter, Ad-èLe finit par écraser la main de son ami sur la carrosserie de la Lionne, qui rugit comme si on lui avait tiré la queue.

GRROOAARR!

— Euh... Je crois qu'on devrait arrêter de se disputer et commencer la course, dit 6-Mon, peu rassuré.

— Oui, tu as raison.

Les deux pilotes s'installent dans la voiture. Devant eux, la piste s'étend à perte de vue. À leur gauche, un cochon poilu est assis au volant de la Bulle et leur fait des grimaces pour les embêter. À leur droite, une grosse limace essaie de prendre place dans la carapace de l'Escargot.

— On affronte un cochon et une limace! s'exclame Ad-èLe, prête à partir. Ils n'ont aucune chance! La Lionne va leur en mettre plein la vue!

Allumez vos moteurs !
Départ dans 3... 2 ...

1

...

C'est parti ! VROOOUUUUMMMM !

Comme prévu, la Lionne démarre comme un boulet de canon.

— Ça va être super facile ! rigole Ad-èLe. On a choisi

la voiture la plus rapide. Les autres sont déjà loin derrière.

6-Mon se retourne et constate que l'Escargot vient tout juste de franchir la ligne de départ et que la Bulle s'élève lentement dans les airs. Tout va bien.

Ad-èLe conduit comme une pro. Elle enchaîne les virages, contourne les obstacles et file à toute allure. À l'occasion, elle réussit à récupérer des objets bonis.

Une fusée leur permet
d'accélérer pendant quelques
secondes.

Un trampoline les propulse
loin devant.

Et un diamant rose leur permet de rouler sur les plaques de glace sans déraper.

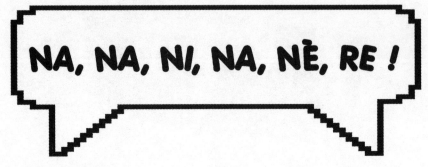

NA, NA, NI, NA, NÈ, RE !

La course se déroule sans difficulté...

... jusqu'à ce qu'un imprévu se présente devant eux.

— Qu'est-ce qui se passe avec la route ? crie Ad-èLe, effrayée. Elle est toute molle ! On ralentit beaucoup trop !

6-Mon plisse les yeux.

— Hum… Je ne sais pas…, marmonne-t-il. On dirait… on dirait qu'elle bouge. Oh ! Elle change même de couleur !

— Nos roues s'enfoncent ! Zut de zut ! On est coincés ! Je n'arrive plus à avancer !

— Attends, je vais aller voir ce qui cloche.

6-Mon ouvre la porte du véhicule. La piste de course s'est transformée en rivière

brune et sucrée. Il se penche
et…

— C'est du chocolat!
s'exclame-t-il, en se suçant les
doigts. Miam! C'est délicieux!

— Ce n'est pas le temps
de t'empiffrer, espèce de
gourmand! Qu'est-ce qu'on
fait, maintenant?

6-Mon lâche un petit cri.

— Quoi? Qu'est-ce qu'il y a? s'inquiète Ad-èLe.

— La voiture Escargot nous rattrape!

La jeune fille tourne la tête vers l'arrière.

INCROYABLE!

La limace fait du surf sur la rivière en chocolat! Elle se tient en équilibre sur une planche et se laisse glisser en chantant, comme si elle était au cœur de l'océan.

— Tigla, tigla dou, la! Hé, hé!

En plus de filer à toute allure, la limace les attaque avec des boules chocolatées.

— Hé! On ne verra plus rien, si ça continue!

— Au moins, ça goûte bon! dit 6-Mon en léchant le capot de la voiture.

SLURB!

— Reste concentré, vieux glouton ! On doit trouver une solution, sinon on va perdre la course.

Au même moment, un engin passe au-dessus de leur tête.

— Ce n'est pas vrai ! La Bulle nous rattrape, elle aussi ! C'est un désastre !

— Au contraire, c'est
parfait! lui assure 6-Mon.
On a apporté une corde,
tu te souviens?

Le jeune garçon fouille à
l'intérieur de son sac à dos,
fait un nœud dans la corde et
la lance de toutes ses forces.

— Ça marche! Tu as attrapé
la Bulle! Bravo, 6-Mon! Tu vas
nous sortir de là!

En effet, en un rien de
temps, la Lionne s'élève dans
les airs, bien accrochée à leur

adversaire. Le problème, c'est qu'à l'intérieur de la Bulle, le cochon poilu n'est pas content du tout. C'est normal, 6-Mon et Ad-èLe le ralentissent.

— Oh! Oh! Qu'est-ce qu'il fait?

— On dirait qu'il se prépare à nous attaquer.

— Il ne va quand même pas nous bombarder ?

— Attention !

— C'est une blague ? Il nous lance des bébés singes ?

— Pourquoi pas ? On est dans un jeu vidéo, après tout !

Bientôt, une dizaine
de petites bêtes grimpent
sur le toit, sur le capot,
sur les roues...

**Ouh! Ouh! Ouh!
Ah! Ah! Ah!**

— Je viens de comprendre à
quoi servait le sac de bananes,
dans le MODULE, crie 6-Mon.
On aurait dû l'apporter, ça les
aurait calmés!

— Qu'est-ce qu'on fait, maintenant ? Ils vont tout détruire, si ça continue !

En effet, les bébés singes ne font pas du tout attention à la Lionne. Ils tirent sur les essuie-glaces, frappent dans la vitre, essaient de crever les pneus…

Mais la Lionne n'est pas du genre à se laisser faire ! Elle ouvre son capot et rugit plus fort que la sirène d'un bateau.

GRROOAARR !

Elle laisse tomber
ses pneus et les
remplace par quatre
pattes toutes poilues.

Et finalement,
elle utilise ses dents
pointues pour couper
la corde qui la
rattache à la Bulle.

Enfin débarrassée des bébés singes, la Lionne retombe sur ses pattes et galope jusqu'à la ligne d'arrivée.

— Wow! On a réussi! On a gagné la course! s'exclame 6-Mon en regardant les feux d'artifice s'élever dans le ciel.

— Oui! On est les meilleurs!

« Vous obtenez une chenille, une cabine dorée et un espace supplémentaire dans votre sac à dos.

BON - BONI - BONI - BONI - BONI - BONI

« Vous avez établi un nouveau record de temps !

« Récompense supplémentaire : deux Super iVox. »

LE MODULE!

En pénétrant dans le MODULE, les deux aventuriers sont un peu essoufflés, mais fiers de leur course.

— Hé! Qu'est-ce qui s'est passé ici? demande Ad-èLe, en relevant la tête. Le MODULE n'était pas comme ça, tout à l'heure. Le plafond a complètement disparu!

— C'est vrai, ça! Un géant a soufflé dessus, ou quoi?

Ils peuvent voir le ciel,
le soleil et les nuages. Il y a
même des oiseaux qui volent
à travers la pièce.

— Attention à ta tête!

— Oh ouache! se plaint
Ad-èLe en s'essuyant la joue
avec le bas de son chandail.
Tu n'es pas gêné, espèce d'oiseau!
Tu aurais pu aller un peu
plus loin pour faire «ÇA»!

— Hi! Hi! Tu ne devrais pas l'enlever, se moque 6-Mon. Je suis sûr que c'est très bon pour la peau!

Ad-èLe fait une grimace à son ami et se tourne vers le tableau lumineux.

«Félicitations! Vous avez réussi le premier niveau. Vous pouvez maintenant utiliser vos récompenses.»

Inventaire du MODULE :

- — 1 sac de bananes
- — 1 aimant
- — 1 chenille
- — 1 cabine dorée
- — 2 Super iVox

Niveau d'énergie:

Capacité du sac à dos: deux objets.

6-Mon essaie d'analyser
le tableau.

Leur niveau d'énergie a
beaucoup diminué. S'ils
veulent survivre jusqu'à
la fin, ils vont devoir trouver
un moyen de gagner en
force. Sinon, ils devront
recommencer à partir
du début.

— À quoi servent tous ces
trucs? demande Ad-èLe,
les yeux rivés au tableau.

— J'imagine qu'ils sont là
pour nous aider à réussir

les différents niveaux, explique 6-Mon. La corde nous a sauvés d'une situation difficile, tout à l'heure.

— Oui, tu as raison.

« Votre sac est vide. Vous avez droit à DEUX objets supplémentaires. »

— On prend les Super iVox ? propose Ad-èLe.

OK !

— Niveau 2, nous voici !

BIBITES À POIL PAS DE POIL

Objectif : récupérer la pierre précieuse au sommet de la pyramide.

Récompense : un pouche-pouche de peinture bleue et un espace supplémentaire dans votre sac à dos.

Les aventuriers marchent sur le bout des pieds. Ils ne savent pas à quoi s'attendre, alors ils préfèrent être prudents.

— On doit trouver une pyramide, chuchote 6-Mon.

— Oui, je sais. Mais attention! L'endroit est peut-être dangereux. Oh! Elle est là!

Ad-èLe pointe droit devant.

— Ti-babouette! Elle est grosse! s'exclame 6-Mon, impressionné.

— Au moins, elle n'est pas trop loin. On y sera en un rien de temps.

Les deux amis partent au pas de course en s'assurant qu'aucun danger ne les menace. Ils foncent droit vers leur objectif.

— J'ai l'impression que ce niveau va être vraiment facile.

— Oui, je suis d'accord avec toi. On grimpe là-haut, on récupère la pierre précieuse et hop! C'est terminé!

Une fois qu'ils sont arrivés au pied de la pyramide, un écriteau les accueille.

«Bienvenue à Hamsterville!»

— Quoi? C'est une ville de hamsters ou une pyramide? s'interroge Ad-èLe.

— Peut-être les deux! Hi, hi! Je sens qu'on va bien s'amuser!

Pour entrer dans le bâtiment de pierre, les aventuriers doivent marcher à quatre pattes dans un tunnel sombre.

6-Mon passe le premier.

— Hé! Attends-moi! se fâche Ad-èLe. Pourquoi tu vas si vite?

— Je n'y peux rien! s'excuse 6-Mon. Mes jambes avancent presque toutes seules.

La jeune fille se dépêche de suivre son ami. Elle a peur de le perdre de vue.

— Oh ! Je suis super rapide, moi aussi ! Comment ça se fait ? Je n'ai jamais été bonne pour marcher à quatre pattes !

— On est à Hamsterville, ne l'oublie pas !

Après quelques minutes à parcourir les tunnels, 6-Mon et Ad-èLe arrivent à une intersection.

— On prend à gauche ou à droite ?

— Je ne sais pas. Les deux côtés me semblent pareils.

MIAAAOOUUUU!

— Qu'est-ce que c'est ? demande 6-Mon, effrayé. Un chat ? Ne me dis pas que c'est un chat ! J'ai peur des chats !

MIAAAOOUUUU!

— Oh non ! s'affole Ad-èLe. Moi aussi, j'ai peur des chats !

— Depuis quand ? Tu en as deux, chez toi !

— Je ne sais pas ! Depuis maintenant, j'imagine ! Les chats sont si gros ! Si méchants ! Et moi, je ne suis qu'un petit hamster de rien du tout.

— Il va nous dévorer ! Viiiiiiite ! On doit se sauver !

Dans la panique, 6-Mon et Ad-èLe ne réalisent même pas qu'ils s'enfuient dans des directions différentes. Ils avancent, avancent et avancent encore, jusqu'à ce qu'ils se

retrouvent complètement
seuls, chacun de leur côté.

Heureusement, 6-Mon a
eu la brillante idée de donner
un Super iVox à Ad-èLe
au moment de quitter
le MODULE.

Il le sort de sa poche,
l'allume et lui écrit :

Où es-tu ?

6-Mon

Quelque part au milieu de nulle part.

Ad-èLe

6-Mon

Ce n'est pas très précis, ça. Est-ce que tu vas bien?

Oui! Et toi?

Ad-èLe

6-Mon

Aucun chat à l'horizon.

Ad-èLe

Moi non plus. C'est bon, on l'a semé!

6-Mon

Qu'est-ce qu'on fait, maintenant?

Hum… Je ne sais pas.

Tu donnes ta langue au chat?

Hé! Ne plaisante pas avec ça!

 **6-Mon**

OK, c'était juste une petite blague.

 **Ad-èLe**

On doit trouver une façon de grimper là-haut. Pour l'instant, tout est plat, par ici.

 **6-Mon**

Même chose de mon côté. Je reprends ma route.

Moi aussi. On finira bien par se retrouver à un moment donné.

Ad-èLe

6-Mon

Bonne chance!

Bonne chance!

Ad-èLe

6-Mon emprunte un passage beaucoup plus sombre. En temps normal, il n'aurait pas aimé ça, mais depuis qu'il est à Hamsterville, il voit si bien dans le noir qu'il se sent très à l'aise.

Tout au bout du chemin, il aboutit dans une grande pièce circulaire.

— Wow! C'est le paradis des hamsters, ici!

6-Mon ne sait plus où donner de la tête. Il regarde

à gauche. Il regarde à droite.
Par où commencer ?

Il se précipite sur un rouleau
de papier de toilette géant.
S'il était un chien, il remuerait
la queue et japperait pour
montrer sa joie. Qu'est-ce que

ça fait, un rongeur, quand c'est content? Aucune idée!

6-Mon met sa question de côté et s'installe pour gruger le carton. Il l'agrippe à deux pattes et mord dedans bien fort.

— **Miam!** C'est si bon!
Ça fait du bien aux dents,
en plus!

Au bout de quelques minutes, il décide de continuer l'exploration de la pièce. Il y a un truc rond,

tout au fond, qui attire
son attention.

— Qu'est-ce que c'est ?

Il s'approche, renifle un petit
coup...

— Hum ! Ça sent le
plastique. Ça veut dire que
je ne peux pas le manger.
À quoi ça sert, alors ?

Il décide d'entrer à
l'intérieur.

— Oh! Ça bouge! Cool!

Il fait un pas devant l'autre.
Un autre. Et encore un autre.
Dans le temps de le dire,
il court le plus vite qu'il peut,
sans réellement avancer.
Comme c'est amusant!

— 6-Mon? Qu'est-ce que
tu fais là? lui demande
Ad-èLe, en entrant à son
tour dans la pièce.

— Hi, hi! Viens essayer!
C'est super!

— Eh bien! Quand le chat
n'est pas là, les souris
dansent, dit-elle en croisant
les pattes.

— Je croyais que tu ne
voulais pas qu'on plaisante
avec les chats.

— C'était AVANT que je te
voie faire ÇA! Tu sais que
tu cours dans le vide?
Tu n'iras nulle part,
c'est une roue à hamster.

81

— Allez viens, 6-Mon. On doit monter au sommet de la pyramide, tu te souviens?

— On n'a pas besoin de la pyramide. Je suis très heureux, moi, ici. Je veux rester pour toujours!

— Pas question qu'on passe la journée ici! Je veux continuer le jeu!

Ad-èLe fonce sur la roue qui tourne et agrippe son ami par l'oreille.

— Tu viens, maintenant !

Mais 6-Mon n'est pas content. Il se retourne et lui mord la queue.

— **Aïeeeeee !** Ça fait mal !

— Oh ! Je suis désolé ! s'excuse-t-il aussitôt. Je n'ai pas fait exprès.

— Tu n'as pas fait exprès de me mordre ? Ben voyons !

— Je te le jure ! J'ai fait ça sans m'en rendre compte.

Ad-èLe entraîne 6-Mon à l'extérieur de la pièce et le force à s'engouffrer dans un autre tunnel.

— Allez hop ! Là-dedans !

— Mais…

— Je ne veux pas entendre un mot tant que tu ne seras pas toi-même !

— OK.

6-Mon boude un peu. À quoi ça sert d'être au paradis des hamsters s'il ne peut même pas s'amuser? Non, mais!

Au bout de ce long tunnel, les deux amis arrivent au pied d'un escalier gigantesque.

— Tiens! Voici la pyramide! annonce Ad-èLe.

On y va?

— Oui. D'après les instructions, la pierre précieuse nous attend au sommet.

— C'est tout ? s'étonne
6-Mon. Il n'y a pas de
monstres à combattre ?
Pas d'énigme à résoudre ?

— C'est vrai que c'est louche.
Ça semble trop facile.
Méfions-nous, on ne sait pas
ce qu'on va trouver sur notre
route.

6-Mon part en flèche.

Pendant ce temps-là, Ad-èLe
fait preuve d'un peu plus de

prudence et grimpe les marches une à une, sans se presser. Elle ne voudrait pas poser le pied sur une plante ensorcelée ou sur une mine prête à exploser.

Rien de tout ça ne se produit. Elle trouve cependant une petite boule de noix et de fruits séchés qui semble tout à fait délicieuse. Elle s'arrête, la prend entre ses doigts et la renifle un peu.

Elle décide de la cacher dans sa joue. Elle pourra la manger plus tard.

Elle fait encore quelques pas et trouve un mélange de graines.

Miam! Elle va se régaler!

— Hé! Tu viens ou pas?

6-Mon l'appelle du haut des marches.

— Non. Je fais des provisions.

— Des provisions? Ben voyons! Ce n'est pas le temps de t'empiffrer, on est presque arrivés!

— C'est trop bon! Viens voir!

6-Mon suit le conseil de son amie et descend la rejoindre.

— **Oh! Wow!** C'est vrai que ça a l'air bon!

— Un vrai régal! Il y a
des graines de tournesol,
des graines de citrouille,
des fruits séchés, de l'avoine...

Les deux amis sont si
occupés à faire des provisions
qu'ils oublient qu'ils ne sont
pas de vrais hamsters.
Leurs joues ne peuvent pas
entreposer toute cette
nourriture, alors ils avalent
tout ce qui leur tombe sous
la patte... euh... sous la main.

Ils mangent, ils mangent,
ils mangent... jusqu'à ce que...

— Dis donc! Tu es énooorrrme!

— Hé! se fâche Ad-èLe. Ce n'est pas très gentil, ça! Oh! Mais tu es énooorrrme, toi aussi!

— On dirait une grosse guimauve!

— On dirait une grosse patate au four!

Les deux amis se regardent et éclatent de rire.

— OK. On a assez mangé, déclare 6-Mon. On continue?

Oui!

Le problème, c'est que, maintenant, ils ont beaucoup de difficulté à monter les marches de la pyramide.

En voilà une!

Encore une autre!

— Je vais mourir! se plaint Ad-èLe.

— On n'a même pas monté dix marches et on est épuisés.

— Tu aurais dû récupérer la pierre précieuse AVANT qu'on commence à manger.

— Mais je l'ai récupérée, aussi!

6-Mon glisse la main dans son sac à dos et lui montre la pierre. Ad-èLe lève les yeux au ciel.

— Pourquoi tu ne l'as pas dit avant, espèce de zozo? On n'aurait pas monté toutes ces marches pour rien!

— J'ai oublié.

— Tu as oublié?

— J'ai une cervelle de hamster... Il ne faut pas trop m'en demander.

— Mouin... Bon, disons que tu es pardonné. On doit trouver la sortie.

Ad-èLe examine les environs.

— Il faut prendre ce tunnel, dit-elle en pointant une ouverture à leur droite.

— Comment tu le sais ?

— Je n'ai pas la cervelle d'un hamster, moi. J'ai son odorat. C'est encore mieux !

— Et mon odorat me dit qu'on doit aller par là. Go !

Le problème, c'est que 6-Mon a pris tellement de poids qu'il n'arrive pas à entrer dans le tunnel. Ses grosses fesses se retrouvent coincées dans l'ouverture.

— Aide-moi! crie-t-il à son amie.

— Comment? Tu bloques tout le passage.

— Tu n'as qu'à me pousser!

— Ouache! Je ne veux pas toucher à ton popotin!

— On n'a pas le choix, insiste 6-Mon. On ne peut quand même pas attendre ici le temps que je maigrisse. Allez, grouille !

OK, OK...

Ad-èLe ferme les yeux et pose les mains sur les fesses de son ami, la langue sortie. Puis, elle pousse de toutes ses forces.

ARRRGN! ARRRGN! ARRRGN!

— Continue! Ça marche!

Et voilà! 6-Mon est libéré et les deux amis se dirigent vers la sortie.

«Vous avez récupéré la pierre précieuse!

«Vous obtenez un pouche-pouche de peinture bleue et un espace supplémentaire dans votre sac à dos.»

LE MODULE!

ès qu'ils posent un pied dans le MODULE, 6-Mon et Ad-èLe retrouvent tout de suite leur aspect normal.
Ils n'ont plus envie de rejoindre le paradis des hamsters, ils ne pensent plus à manger tout ce qu'ils trouvent et, heureusement, ils n'ont plus peur des chats.

— Euh... Qu'est-ce qui se passe encore ici? marmonne Ad-èLe en observant la pièce.

Le plancher est là, le plafond est là, mais les murs ont disparu.

TUUUT!
TUUUT!

— Attention !

Ad-èLe prend un élan et se jette sur 6-Mon. Les deux amis tombent lourdement au sol au moment où un train passe dans le MODULE à toute vitesse.

TUUUT! TUUUT!

— Qu'est-ce que... Qu'est-ce qui se passe ici? demande 6-Mon en se relevant.

— Aucune idée!

— En tout cas, je te remercie... Tu m'as sauvé la vie.

— Je n'avais pas vraiment le choix, tu sais. J'ai besoin de toi pour finir le jeu.

Ad-èLe fait un clin d'œil à son coéquipier, qui lui répond avec un coup de coude amical.

Côte à côte, ils regardent le train s'éloigner.

— Cet endroit est trop bizarre…, marmonne 6-Mon.

— Je ne te le fais pas dire. Au moins, les oiseaux sont partis faire leurs petits trucs ailleurs.

— C'est vrai! Hi! Hi! Prête à passer au niveau suivant?

— Oui. Regardons notre inventaire, propose Ad-èLe.

Inventaire du MODULE :

— 1 aimant
— 1 chenille
— 1 cabine dorée
— 1 pierre précieuse
— 1 pouche-pouche
de peinture bleue

Niveau d'énergie :

Capacité du sac à dos : trois objets.

— Les bananes ont disparu, remarque 6-Mon.

— Oui. Et notre niveau d'énergie est vraiment bas, s'inquiète Ad-èLe. Qu'est-ce qu'on doit faire, tu crois?

— Aucune idée. Mais je ne vois pas en quoi tous ces objets pourraient nous aider.

« Votre sac contient déjà DEUX Super iVox. Vous avez droit à UN objet supplémentaire. »

Les deux amis se consultent.
Ils sont d'accord pour garder
les Super iVox, car ils sont très
pratiques. Ils sélectionnent
la pierre précieuse et se
lancent dans une nouvelle
aventure.

— Allons-y !

NIVEAU 3

ATTAQUE DE ZOMBIES

Objectif : avaler tous les kiwis avant que les zombies vous dévorent la cervelle.

Récompense : une montre à gadgets et un espace supplémentaire dans votre sac à dos.

ool! Simon est super bon à ce genre de jeux! Il a toujours aimé jouer à Pac Man. La seule différence, c'est qu'aujourd'hui, c'est LUI qui doit se promener à l'intérieur du tableau... et éviter de se faire dévorer. Il cherche son amie des yeux, mais celle-ci se trouve au coin opposé du tableau. Il saisit alors son Super iVox, et lui écrit.

6-Mon

Es-tu prête?

Je ne peux pas t'aider pour ce tableau.

Ad-èLe

6-Mon

Pourquoi?

Parce que.

Ad-èLe

Ce n'est pas très précis, comme réponse!

6-Mon

Je n'y arriverai pas, c'est tout.

Ad-èLe

6-Mon

Écoute, tu n'as pas besoin d'avoir peur.

Je n'ai pas peur.

Ad-èLe

6-Mon

C'est juste des petits zombies de rien du tout.

Je n'ai pas peur, je te dis !

Ad-èLe

6-Mon

Ils ne vont pas te dévorer la cervelle pour vrai.
Nous sommes dans un jeu vidéo.

Arrête un peu avec tes zombies ! Ils ne me font pas un pli !

Ad-èLe

 **6-Mon** Quel est le problème, alors ?

Les kiwis.   **Ad-èLe**

 **6-Mon** Tu as peur des kiwis ?

Tu me prends pour une nouille, ou quoi? Je n'ai pas peur des kiwis, voyons!

Ad-èLe

6-Mon

Explique-moi, alors!

Je suis allergique!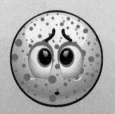

Ad-èLe

6-Mon

Oh! Je ne le savais pas. Tu ne me l'as jamais dit.

Tu vas devoir te débrouiller tout seul, cette fois-ci.

Ad-èLe

 **6-Mon** Qu'est-ce qui se passe, si tu en manges? Tu meurs?

Quand même pas!   **Ad-èLe**

 **6-Mon** Tu as du mal à respirer?

Non plus.

Ad-èLe

 Quoi, alors?

6-Mon

Je n'ai pas envie d'en parler.

Ad-èLe

6-Mon commence à s'énerver. Ça presse! Il n'a pas de temps à perdre avec les caprices de son amie.

6-Mon

Allergie ou pas, tu m'aides. Un point, c'est tout! De toute façon, tu vas te faire dévorer la cervelle si tu restes dans ton coin.

MIAM!

C'est toi qui disais que ce n'était pas dangereux pour vrai!

Ad-èLe

6-Mon

Il n'y a qu'une seule façon de le savoir.

Aussitôt que 6-Mon avance un pied dans le tableau, ses jambes se mettent en marche toutes seules. Oh! Ça va vite!

Chaque fois qu'il avale
un kiwi, un petit son se fait
entendre.

C'est trop drôle! 6-Mon
termine une rangée complète
sans ennui.

Dès qu'il tourne le coin,
cependant, il aperçoit un
zombie qui fonce droit sur
lui, les bras bien tendus.

Oh! Oh!

Il tourne à gauche.

FOOOUUUUIT!

Ici, aucun monstre en vue.
Que des kiwis. Miam!

6-Mon continue à avancer
et à engloutir tout ce qui lui
tombe sous la dent. Il tourne
à droite.

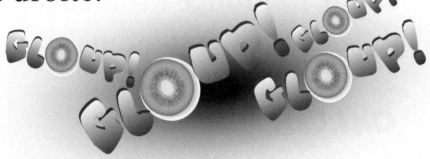

Encore à droite.

Et à gauche.

Zut! Il n'y a plus un seul kiwi, par ici. Ou bien il est déjà venu dans cette rangée, ou bien Ad-èLe est passée avant lui. Il fait demi-tour.

— **Ahhhhhhh!**

Il tombe nez à nez avec un autre zombie!

Le cœur battant, 6-Mon tourne sur lui-même, emprunte le premier chemin qui s'offre à lui et pose le pied sur une spirale multicolore.

TI-TOU-TA-TI! ZLOUP!

Le voilà téléporté à l'autre bout du tableau! Cool! Il a semé son ennemi comme un pro.

Plutôt fier de lui, 6-Mon poursuit sa route en se demandant si Ad-èLe se porte bien. Au même moment, il l'entend crier de toutes ses forces.

À l'aiiiiiiiide!

6-Mon se précipite dans sa direction, plutôt inquiet. Où est-elle? Est-ce qu'elle a encore une cervelle? Il avance sans trop savoir où il va, ne se fiant qu'à ses oreilles.

Il tourne encore un coin, persuadé qu'il va enfin trouver son amie en détresse.

Mais au lieu de tomber sur elle, il aperçoit un serpent bleu qui crie à pleins poumons:

À l'aiiiiiiiide!

C'est une blague, ou quoi?
Qu'est-ce qu'il fait là, lui?
Il a la même voix qu'Ad-èLe.
Décidé à ne pas se laisser
déconcentrer, 6-Mon reprend
sa mission. Il avale, avale et
avale encore une bonne
vingtaine de kiwis.

Au bout d'un moment,
cependant, il sent ses forces
diminuer. Ses jambes ne
veulent plus avancer aussi
vite. Il est siiiii fatigué!

Il lève les yeux vers le haut
du tableau et comprend
pourquoi.

La réserve d'énergie est
presque vide! Ad-èLe et lui
doivent encore se sauver des
zombies jusqu'à ce qu'ils aient
trouvé les cinq derniers kiwis.

Soudain, il a une idée!

Il prend la pierre précieuse
qui est dans son sac à dos et…

… et quoi? Que doit-il faire
avec elle?

Il souffle sur la pierre. Rien.
Il la tourne entre ses doigts.
Rien. Il la jette par terre. Rien.
Il lui dit qu'il l'aime. Rien.
Il lui chante «Frère Jacques».
Rien.

6-Mon se sent un peu idiot,
tout à coup. Comme il s'apprête
à ranger la pierre dans son sac,
le plus gros, le plus laid et le
plus poilu des zombies s'avance
dans sa direction. Sans
réfléchir à ce qu'il fait, 6-Mon
lui lance la pierre précieuse en
plein dans son œil dégoulinant
de cervelle.

SLOURCP!

Le zombie se transforme en grosse flaque brune.

— Génial! Bien fait pour toi, espèce de bête puante!

6-Mon a bien envie de donner un grand coup de pied à la flaque de zombie, mais il préfère garder ses forces pour trouver les derniers kiwis.

Surtout qu'il se sent de plus en plus fatigué...

Fatigué...

Fatigué...

Il n'a plus le choix, il doit se déplacer à quatre pattes, maintenant. Une alarme résonne à ses oreilles pour l'informer que sa réserve d'énergie est presque à sec.

6-Mon tourne un coin et aperçoit la silhouette d'Ad-èLe, tout au loin. Elle se tient à genoux à côté d'une autre flaque de zombie, l'air presque aussi faible que lui.

Ad-èLe lève le pouce pour lui dire que tout va bien, ouvre grand la bouche et avale le dernier kiwi.

GLOUP!

LE TABLEAU DEVIENT NOIR...

LE MODULE!

BILILIBIP!
BILILIBIP!
BILILIBIP!

La situation est grave !
S'ils ne trouvent pas très vite
une façon de se procurer de
l'énergie, les deux aventuriers
devront recommencer le jeu
à partir du début !

BILILIBIP!
BILILIBIP!
BILILIBIP!

Cette sirène ne les aide pas
du tout à se concentrer !

— As-tu une idée? demande Ad-èLe en rampant jusqu'au tableau lumineux.

6-Mon se retourne vers son amie et lâche un puissant cri.

— **Hiiiiiiiii !** Ton visage! s'exclame-t-il. Qu'est-il arrivé à ton visage?

Ad-èLe est difficile à reconnaître. Des centaines et des centaines de petites bulles orangées sont apparues sur sa peau.

— Tu ressembles à une citrouille! C'est à cause de ton allergie aux kiwis?

— Je t'avais prévenu que je ne devais pas en manger!

— Je m'excuse, je n'aurais pas dû insister.

— On parlera de ça plus tard. Pour l'instant, on doit trouver le moyen de gagner de l'énergie.

Inventaire du MODULE :

— 1 aimant
— 1 chenille
— 1 cabine dorée
— 1 pouche-pouche de peinture bleue
— 1 montre à gadgets

Niveau d'énergie : CRITIQUE

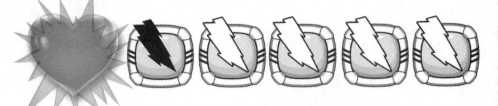

Capacité du sac à dos : quatre objets.

140

— On n'a pas le choix, on doit essayer quelque chose.

— OK. J'appuie ici!

CLICK!

Une cabine dorée apparaît devant eux.

— Bizarre! Ça ressemble aux cabines de toilettes qu'on utilise dans les endroits publics, remarque Ad-èLe.

— C'est vrai. Allons voir.

— Quoi ? Tous les deux en même temps ? Ça ne va pas, la tête !

— On est dans un jeu vidéo, voyons ! On n'est pas obligés de... de faire ce qu'on fait habituellement aux toilettes. On va juste voir ce qui se passe quand on entre dans ce truc. Dépêche-toi, je suis épuisé !

— Bon, d'accord.

La porte de la cabine s'ouvre. À l'intérieur, tout est en or.

Les murs, la cuvette,
le miroir... et même le papier
à main! 6-Mon et Ad-èLe
s'entassent dans la cabine et
referment derrière eux.

Bouclez vos ceintures!

— Hein? Des ceintures?
s'étonne Ad-èLe, en regardant
autour. Comment ça,
des ceintures?

ZIOUUUP! CLIC!

Les voilà attachés d'un côté
et de l'autre de la cabine.

C'est un départ!

— Ti-babouette! s'exclame
6-Mon. On dirait qu'on est en
train de décoller!

— On est dans un avion-
toilette, ou quoi?

— Je n'en sais rien!

En effet, la cabine vole
un peu partout à travers
le MODULE.

Elle prend un virage serré
à droite!

WOU-HOU-HOU!

Effectue un mouvement rapide vers la gauche.

WOU-HOU-HOU!

Et les promène la tête en bas.

— Une chance que la toilette est vide ! rigole Ad-èLe. Imagine de quoi on aurait l'air !

— Bah ! Ça ne pourrait pas être pire que ta tête de citrouille, l'agace 6-Mon. On se croirait le soir de l'Halloween !

— Tu n'es pas beaucoup mieux, tu es plus pâle qu'un fantôme !

— Je fais quand même moins peur que toi. Comptes-tu rester comme ça encore longtemps? Ça me donne un peu mal au cœur.

— Ha! Ha! Très drôle! Dis plutôt que c'est le vol qui te donne mal au cœur!

— N'importe quoi! Je suis un mordu de montagnes russes, tu le sais bien. Ça va m'en prendre plus que ça pour me rendre malade.

Les deux amis rigolent de leurs blagues et profitent du « manège » avion-toilette.

Au bout de quelques minutes, l'engin se pose dans le MODULE et la porte s'ouvre d'elle-même. 6-Mon jette un œil au tableau.

Niveau d'énergie :

— On a réussi !

— Youppi ! On peut passer au niveau suivant !

— Attends, je dois faire quelque chose, avant.

6-Mon approche du tableau lumineux.

Inventaire du MODULE :

— 1 aimant
— 1 chenille
— 1 pouche-pouche de peinture bleue
— 1 montre à gadgets

Il sélectionne un objet,

l'attrape et le pointe vers
Ad-èLe.

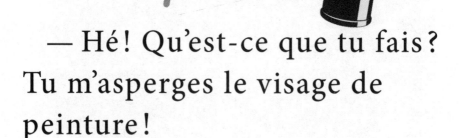

— Hé! Qu'est-ce que tu fais?
Tu m'asperges le visage de
peinture!

— Tu es beaucoup plus jolie
comme ça, je trouve.

Ad-èLe se regarde dans l'écran du tableau. En effet, c'est mieux. Au lieu de ressembler à une grosse citrouille, elle a l'air d'une schtroumpfette aux cheveux bruns. Elle a toujours aimé la schtroumpfette, alors c'est parfait !

« Votre sac contient déjà DEUX Super iVox. Vous avez droit à DEUX objets supplémentaires. »

Les aventuriers choisissent au hasard la chenille et

la montre à gadgets, et
s'élancent vers la prochaine
aventure!

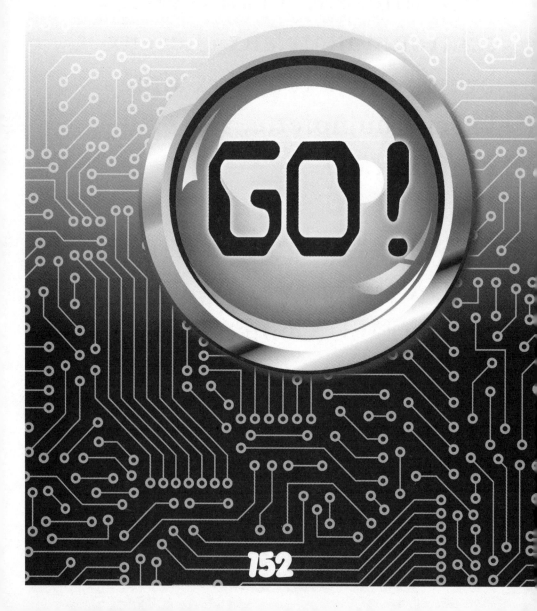

NIVEAU 4

Un O-C-AN DE BONNE HEURE

Objectif : récupérer un maximum de pièces d'or.

Temps alloué : 10 minutes.

Récompense : plus vous aurez de pièces d'or, plus la récompense sera grande.

10:00... 9:59... 9:58...

— C'est déjà commencé! s'écrie Ad-èLe. Vite! On n'a pas beaucoup de temps!

La jeune fille ne prend même pas une seconde pour explorer son environnement. Déjà, elle tire le bras de son ami et l'entraîne sur une plage de sable blanc.

— C'est magnifique, ici! s'émerveille 6-Mon. C'est la première fois que je vois la mer.

— Tu feras du tourisme une autre fois. Pour l'instant, on doit trouver les fameuses pièces d'or. Je veux qu'on en ramasse le plus possible. Tiens! Il y en a peut-être quelques-unes dans les feuilles de ce cocotier!

Ad-èLe grimpe à toute vitesse au sommet de l'arbre. Ça paraît qu'ils sont dans un jeu vidéo, parce qu'en temps normal elle n'aurait jamais pu escalader un tronc lisse et droit comme celui-ci.

— J'ai trouvé trois pièces d'or !

KLING! KLING! KLING!

Le total de leurs trouvailles s'inscrit au tableau.

— Continuons !

Ad-èLe saute sur le sable et court dans tous les sens. Elle va à droite. Elle revient. Elle va à gauche. Elle revient. 6-Mon la regarde aller, un peu étourdi.

— Il n'y a plus rien sur
la plage. Les autres pièces
doivent être cachées
dans l'eau.

Sans plus attendre, elle pique
une course et plonge dans
la mer tête première. 6-Mon
prend son courage à deux
mains et plonge à son tour.

Une fois dans l'eau, les jeunes
nageurs constatent que leur
niveau d'oxygène descend très
rapidement. Ils continuent tout
de même à avancer, entourés
de mille et un poissons.

— Regarde! On dirait que celui-ci veut nous parler, dit Ad-èLe en pointant un poisson à grosses joues.

— Allons voir ce qu'il nous veut.

Ensemble, les deux amis nagent dans sa direction. Sans prendre la peine de les saluer, l'étrange poisson agrippe 6-Mon par les oreilles et le force à coller sa bouche sur son bec visqueux.

— Beurk! Pourquoi t'a-t-il embrassé? s'écrie Ad-èLe, dégoûtée.

— C'est pour nous aider, comprend 6-Mon. Regarde: notre niveau d'oxygène a augmenté. Il nous a même donné une pièce en cadeau.

— Oh! Génial! On va pouvoir continuer. Le temps file.

8:32... 8:31...

— Allons voir là-bas! On dirait qu'il y a une épave de bateau.

— Oui, bonne idée. Il y a sûrement plein de pièces cachées là-dedans.

Pour aller plus vite, 6-Mon et Ad-èLe grimpent sur la carapace d'une tortue-fusée. Contente d'avoir des clients, l'énorme bête les emmène jusqu'au bateau en ruine en faisant plein de bulles.

BLOUB! BLOUB! BLOUB!

Une fois arrivés, les deux amis prennent quelques secondes pour observer les lieux. Le bateau est en très mauvais état. La coque est couverte d'algues et il y a des animaux marins qui nagent partout autour.

— Soyons prudents, recommande Ad-èLe. On ne sait pas sur quoi on peut tomber, là-dedans !

— Attends ! J'ai une super idée !

6-Mon fouille dans son sac à dos.

— Qu'est-ce que tu cherches ?

— Ceci ! répond-il fièrement.

Il lui montre le gros aimant.

— Tu crois que ça va fonctionner?

— Il n'y a qu'une façon de le savoir.

— Essayons!

6-Mon dirige l'aimant vers le bateau et attend de voir ce qui va se passer. Quelques secondes plus tard, des dizaines et des dizaines de pièces scintillantes sont attirées vers lui.

— Oh! On dirait qu'on vient
de remporter le gros lot!

— Fantastique!

Les aventuriers sont
vraiment contents! Cette
méthode leur a permis de
récupérer un grand nombre
de pièces en un temps record.

6:22… 6:21…

6:20 💀 **26**

— Où va-t-on, maintenant?

— Partout!

Ad-èLe recommence à nager pour explorer les fonds marins. Elle soulève des coquillages…

… creuse dans le sable…

... déplace des plantes et des algues...

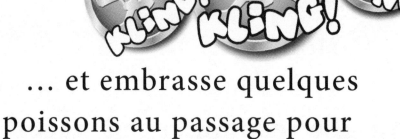

... et embrasse quelques poissons au passage pour récupérer un peu d'oxygène.

6-Mon fait de son mieux pour aider son amie, mais elle est vraiment très efficace.

4:22... 4:21...

—Hé! Regarde! s'écrie 6-Mon. Il y a un coffre, là-bas. Je parie qu'il est plein à craquer.

—C'est sûr! Allons voir!

Les deux explorateurs battent des jambes à travers des algues, des rochers et des pieuvres multicolores. Une fois arrivés au coffre, ils rassemblent leurs forces pour soulever le couvercle.

Ce qu'il y a à l'intérieur est loin de ressembler à un trésor.

— SAUVE QUI PEUUUUT!

6-Mon et Ad-èLe sont terrorisés. La créature est si grosse et si menaçante qu'ils ont l'impression de se retrouver en plein cauchemar.

Elle a quatre tentacules couverts de poils…

169

Deux pinces gigantesques
qui tranchent tout ce qu'elles
trouvent...

**SCRATCH!
CLACK! SCRATCH!**

Un œil mini-rikiki qui peut
voir devant comme derrière...

ZWIP! ZWAP! ZWOUP!

Et surtout... SURTOUT!
Des dents plus grandes qu'une
maison... Plus pointues que
la lame d'une épée... Et plus...

plus malodorantes qu'une
moufette qui pète!

— On doit partir! Vite!

Trop tard! Les tentacules
de la créature sont déjà bien
enroulés autour de leurs petits
corps.

— Il faut faire quelque chose!
crie Ad-èLe. Je ne crois pas
qu'elle soit en train de nous
demander d'être ses amis!

— J'ai une idée!

— Dépêche-toi! J'ai l'impression qu'elle veut nous dévorer… ou nous déchiqueter… ou nous écrabouiller… ou…

— C'est bon! J'ai compris. Je fais ce que je peux, tu sauras!

6-Mon réussit à s'emparer de la montre à gadgets. Il l'enroule autour de son poignet et appuie sur le premier bouton.

CLICK!

Du maïs soufflé éclate
partout autour d'eux.

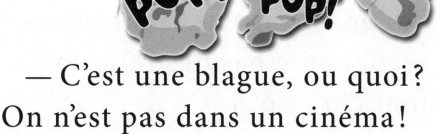

— C'est une blague, ou quoi?
On n'est pas dans un cinéma!

— Ce n'est pas super, j'avoue.
Attends, je vais trouver autre
chose.

— Grouille! Je n'ai pas envie
de mourir au fond de
l'estomac de cette chose!

6-Mon essaie une autre commande.

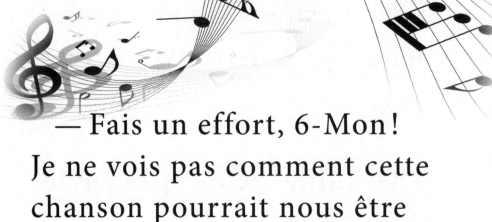

CLICK!

« C'est la danse des canards / qui en sortant de la mare / se secouent le bas des reins et font coin-coin. »

— Fais un effort, 6-Mon ! Je ne vois pas comment cette chanson pourrait nous être utile.

— Au contraire ! Regarde !

La mélodie reprend.
La créature sourit à pleines
dents et se dandine de gauche
à droite.

— Je ne savais pas que
les monstres pouvaient danser,
chuchote Ad-èLe.

— Moi non plus. Hi, hi !

— Tu crois qu'on peut partir ?

— Essayons.

Lentement, ils se défont de l'emprise des tentacules et s'éloignent en faisant de légers battements de jambes.

— Remets la chanson une dernière fois, juste au cas. Ça va nous laisser le temps d'aller plus loin.

— Oui, c'est une bonne idée.

6-Mon a dû appuyer sur le mauvais bouton, car, cette fois, c'est un puissant rayon

lumineux qui s'échappe de
la montre.

GZZZZZZTT!

La bête est tout de suite
pulvérisée.

POW! POUF! SPLASH!

Des morceaux de pinces et
des bouts de tête s'éparpillent
dans l'eau.

— Oups!

— Voyons, 6-Mon! lui
reproche Ad-èLe, la bouche

grande ouverte. Tu n'étais pas obligé de faire ça ! On avait trouvé une façon de s'enfuir.

— Je n'ai pas fait exprès…

— Oh ! Regarde !

— On a plein de pièces en récompense !

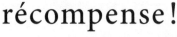

2:19... 2:18...

— Il nous reste un peu plus de deux minutes, remarque Ad-èLe.

— Soyons prudents. Ça serait dommage de mourir maintenant et de perdre cette belle récolte.

Les aventuriers décident d'éviter tout ce qui leur paraît dangereux. Ils récupèrent des

pièces dans le sable, sur le dos des hippocampes, sous les étoiles de mer… et ils évitent tout ce qui ressemble de près ou de loin à des requins, des méduses et des poissons mangeurs d'homme.

Tout à coup…

— Oh! Qu'est-ce qui se passe?

Ils tournent, tournent, tournent… et ils sont aspirés dans un tourbillon géant.

— Ad-èèèèèèLe!

En fait, le tourbillon est plutôt effrayant, mais les deux amis n'ont qu'à tendre les bras pour attraper les pièces d'or qui flottent autour d'eux. Mais attention !

Ouch!

Ils ne doivent pas toucher aux trappes à souris, aux cactus ni aux piranhas.

Pendant que les secondes s'écoulent...

0:05... 0:04...

... leur richesse s'accumule!

Une fois la dernière seconde écoulée, Ad-èLe et 6-Mon sont

catapultés sur la plage de sable blanc.

Un peu étourdis,
ils toussent, ils crachent
de l'eau et lèvent les yeux
vers le tableau.

Félicitations !

« Vous avez réussi à accumuler 100 pièces d'or !

« Vous obtenez une trompette, une tapette à mouches et un traîneau ! »

LE MODULE!

185

6-Mon et Ad-èLe apparaissent dans le module avant d'avoir eu le temps de reprendre leur souffle.

— Attention! Il n'y a pas de plancher!

— Quoi?

Trop tard! 6-Mon réussit à s'agripper au mur, mais Ad-èLe tombe directement dans un trou noir.

— **AAAAAAAAHHHHH!**

— Ad-èLe! Ad-èLe! Est-ce que ça va? Où es-tu? Réponds-moi!

Rien à faire, elle est déjà loin.

6-Mon est inquiet. Que va-t-il se passer, maintenant? Doit-il continuer l'aventure tout seul? Son amie est-elle disparue à jamais?

Fidèle à son habitude, le tableau lui donne les dernières informations.

Inventaire du MODULE :

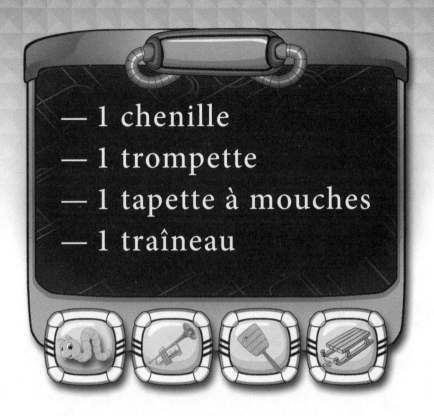

— 1 chenille
— 1 trompette
— 1 tapette à mouches
— 1 traîneau

Niveau d'énergie :

Capacité du sac à dos :
quatre objets.

Soudain, un petit bruit se fait entendre.

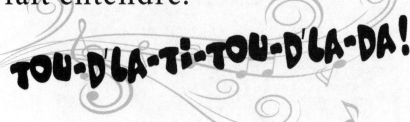

TOU-D'LA-TI-TOU-D'LA-DA!

6-Mon cherche autour de lui. Qu'est-ce qui peut bien émettre ce son?

TOU-D'LA-TI-TOU-D'LA-DA!

— Oh! Mon iVox! s'exclame-t-il en comprenant. Ad-èLe m'a envoyé un message!

Il sort l'appareil de son sac et lit ce qui est écrit.

Allô! Est-ce que tu me reçois?

Ad-èLe

6-Mon

Cinq sur cinq. Roger!

Roger? Oh! Pardon, monsieur! Je croyais écrire à mon ami.

Ad-èLe

6-Mon

Mais non, voyons ! C'est moi, Ad-èLe ! C'est 6-Mon.

Ad-èLe

Pourquoi tu fais semblant de t'appeler Roger ? Ça n'a pas de sens !

6-Mon

C'est pour faire comme dans les films ! Tu sais ? Quand les policiers se parlent à la radio. 10-4.

Ad-èLe ne répond pas.
Bon. Ce n'est pas grave.
Elle n'écoute peut-être pas
les mêmes films que lui.

Est-ce que tu vas
bien ?
Où es-tu ?

Je ne suis nulle
part, c'est ça qui
est étrange !

 **6-Mon** Hein ?

Je suis coincée dans le noir. Il n'y a rien du tout autour de moi.  **Ad-èLe**

 **6-Mon** Attends, je m'en viens !

HOP!

Il lâche le mur, appuie
sur le bouton de départ et
disparaît dans le trou noir.

NIVEAU 5

REMUE-MÉNINGES

Objectif : parcourir le labyrinthe jusqu'à ce que vous ayez trouvé la sortie.

Récompense : un biberon, une fermeture éclair et un espace supplémentaire dans votre sac à dos.

6-Mon est bien content de retrouver son amie saine et sauve. Ensemble, ils avancent de quelques pas et comprennent que le labyrinthe est

IMMENNNNNSE!

— Je pense qu'on va avoir besoin d'aide, dit Ad-èLe, impressionnée par la tâche à accomplir. Qu'est-ce que tu as mis dans le sac à dos?

— Euh… Rien.

Elle se tourne vers 6-Mon, déconcertée.

— Quoi ? Mais on a eu plein de belles récompenses, au tableau précédent ! Pourquoi tu n'as rien pris ?

— J'ai oublié.

TU AS OUBLIÉ ?

— Oui... Désolé. J'étais trop occupé à m'inquiéter pour TOI !

Le visage d'Ad-èLe s'adoucit.

— Oh... Bon... Dans ce cas, on va devoir se débrouiller seuls.

— On va y arriver, l'encourage 6-Mon. Le titre du tableau, c'est « Remue-méninges », alors j'imagine qu'on va devoir se creuser la cervelle. Tu es super intelligente. Ça va bien aller.

Merci!

Ad-èLe n'est plus fâchée du tout. Elle avance de quelques pas et observe les alentours.

200

Le labyrinthe est entièrement fabriqué de pierre. Les murs sont aussi hauts qu'une maison, plus épais qu'une voiture et plus solides que le roc.

Sans dire un mot, les deux aventuriers posent un pied devant l'autre, l'œil aux aguets, l'oreille tendue.

— Attention... Il y a sûrement des pièges partout.

— Oui, c'est aussi ce que je crois.

Mais ce n'est pas un piège qu'ils rencontrent en premier. Il s'agit plutôt d'un petit lutin. Bien assis sur une pomme, le lutin est si petit et si mignon qu'il paraît sorti d'une forêt enchantée.

6-Mon place un bras devant son amie pour l'empêcher d'avancer.

— N'approche pas trop...

— Pourquoi?

— On ne le connaît pas, il est peut-être méchant.

203

— C'est un mini-rikiki-tout-petit lutin de rien du tout, rigole Ad-èLe. On pourrait l'écraser avec notre tapette à mouches, si on voulait.

— Ne te moque pas de lui, l'avertit 6-Mon. Il a peut-être des pouvoirs spéciaux.

— Mais non! Ne t'inquiète pas. Il est là pour nous proposer des énigmes.

— Qu'est-ce que tu en sais?

— Regarde! C'est écrit, juste là!

Ad-èLe pointe un écriteau.

— Ah. Oui, tu as raison.

— Alors? demande la jeune
fille. Comment ça fonctionne,
monsieur le tout-petit?

— Bonjour, chers
aventuriers, les accueille
la créature. J'ai trois énigmes

pour vous. Si vous arrivez à répondre correctement aux trois énigmes, je vous laisse continuer votre chemin et je vous donne un cadeau.

— Sinon

— Sinon, j'ouvre la trappe qui est sous vos pieds et vous tombez dans la fosse aux crocodiles.

— Une fosse aux crocodiles ? Même si on ne fait qu'une erreur ?

Le lutin hoche la tête.

— Aïe! Aïe! Aïe! Vous ne rigolez pas!

— Assez bavardé. Est-ce que vous êtes prêts?

— Oui! répondent les deux amis d'une même voix.

Le lutin se frotte les mains, pressé de commencer.

— Écoutez bien : Je ne suis pas vivant, mais j'ai des feuilles. J'ai aussi un dos et

je suis beaucoup plus beau
avec une couverture.
Qui suis-je ?

6-Mon et Ad-èLe se
regardent en souriant.
Si les énigmes sont toutes
aussi faciles, ils vont sortir
du labyrinthe en un rien
de temps !

— Un livre! répondent-ils
en chœur.

— Hum! Je vois que vous
êtes des pros.

Le lutin ne semble pas très
content.

— Voyons voir si vous
pourrez trouver la réponse
à la suivante. La voici :
Dans l'étable de Jean, il y a
116 oreilles, 232 pattes et
54 têtes. Selon vous, combien
y a-t-il de cochons en tout?

Les deux amis s'éloignent pour se consulter à voix basse.

— Oh... Elle est moins facile, celle-là! chuchote 6-Mon. Je ne suis pas très fort en math... Attends. Je crois qu'il faut commencer par compter le nombre de pattes, diviser par quatre et ensuite... Non, ce n'est pas ça...

— Bien sûr que non! ricane Ad-èLe. C'est facile! Le lutin l'a dit: il y a 54 têtes. Il y a donc 54 cochons! On n'a pas

besoin de s'occuper des oreilles et des pattes.

— Oh! Tu as raison! C'était une question piège!

— Alors? s'impatiente le lutin. Vous avez une réponse à me donner?

Ad-èLe et 6-Mon s'approchent, fiers de leur réflexion.

— Vous avez failli nous avoir, mais on est super

intelligents. Dans l'étable de Jean, il y a…

— ATTENDS! hurle Ad-èLe.

— Quoi?

— C'était une DOUBLE question piège. Ce sont les vaches qui vivent dans les étables, pas les cochons! Il y a donc 54 VACHES et ZÉRO cochon!

Le lutin grimace. Il est déçu.

— Vous avez raison, mais je ne me décourage pas. Je sais que celle-ci va vous donner un peu plus de fil à retordre. Attention, les crocodiles ! Vous aurez bientôt de la visite !

— Allez-y ! répond 6-Mon. Posez-la, votre dernière énigme ! On n'a pas peur de vos crocodiles !

— Ben oui, un peu, quand même ! le reprend Ad-èLe, en lui donnant un coup de coude. Si on peut éviter ça...

Le lutin se racle la gorge et commence:

— Écoutez bien. Je ne répéterai pas: Quand je sèche, je me mouille. Qui suis-je?

Quoi?

— Quand je sèche, je me mouille… Hé! J'ai dit que je ne répéterais pas! Un peu de concentration!

6-Mon et Ad-èLe ont besoin d'un peu plus que de la

concentration. Ils ignorent totalement de quoi il s'agit.

— Qu'est-ce qui peut bien se mouiller en séchant? Ça ne se peut pas, voyons!

— Je ne vois vraiment pas...

— Je vous laisse encore trois secondes, intervient le lutin. Ensuite, j'ouvre la trappe.

Ad-èLe est au bord de la panique.

— Laissez-nous un peu de temps, quand même!

— Trois...

— Je ne veux pas me faire croquer les orteils!

— Deux...

— 6-Mon ! J'ai peur !

— Un...

— NON !

La trappe
s'ouvre d'un coup sec.

— La réponse était : serviette !
leur crie le lutin en leur
envoyant la main.

Les aventuriers tombent dans
le trou et atterrissent sur une
glissade qui les propulse dans
les sous-sols du labyrinthe.

Ils glissent vers la droite!

Ils glissent vers la gauche!

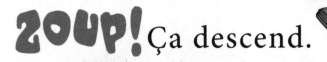HOP! Ça monte!

ZOUP! Ça descend.

Et POUF! Ils atterrissent
dans une flaque de boue.

— Attention ! crie Ad-èLe en sautillant sur place. Je ne veux pas me faire... dévorer... par des... Hé ! Il n'y a aucun crocodile, ici...

— En effet, confirme 6-Mon. On dirait que le lutin s'est bien moqué de nous.

Les deux amis essuient leurs mains pleines de boue sur leurs pantalons, grimpent aux barreaux d'une petite échelle et remontent à la surface en réfléchissant à la réponse de l'énigme.

— Une serviette..., dit 6-Mon.

— Oui. Quand elle sèche quelqu'un, elle devient mouillée à son tour. C'est logique.

— En tout cas, j'en aurais bien pris une pour m'essuyer un peu.

Une fois revenus dans le labyrinthe, ils empruntent un chemin qu'ils n'ont pas encore exploré. Ils marchent, ils marchent et marchent encore. Les routes sont si

entortillées que les deux aventuriers ont l'impression d'être passés plusieurs fois au même endroit. Au moment où ils s'apprêtent à faire encore demi-tour, 6-Mon et Ad-èLe arrivent face à une grosse porte de bois. Un labyrinthe miniature apparaît devant eux.

— Regarde. Il s'agit d'un jeu, comprend Ad-èLe.

— Un labyrinthe dans un labyrinthe? s'exclame 6-Mon. Cool!

— Qu'est-ce qu'on doit faire, à ton avis ?

6-Mon s'approche de la porte de bois et l'observe un instant.

— Ça y est ! J'ai compris ! Il faut tracer le chemin du labyrinthe de l'entrée jusqu'à la sortie, explique-t-il à son amie.

C'est tout ?

— Non, il faut aussi additionner les chiffres qu'on

rencontre au passage et choisir
la clé qui contient la somme
de notre addition.

— Ça semble compliqué,
s'inquiète Ad-èLe.

— Mais non, ne t'en fais pas,
la rassure 6-Mon.

Il glisse son doigt sur
le dessin du labyrinthe et
énumère les chiffres à voix
haute pour qu'Ad-èle
les additionne.

— 2..., 1..., 3...

— C'est bon. Ça fait 6.

— 3..., 2...

— Pas trop vite ! Je n'ai plus assez de doigts !

Comme par magie, une main apparaît devant Ad-èLe. Celle-ci n'a plus qu'à s'en servir pour continuer à calculer.

— 1..., encore 1... et pour finir... 3 ! Voilà, c'est tout.

— OK. Ça fait 16, déclare Ad-èLe.

— Es-tu sûre d'avoir bien compté?

Absolument!!

6-Mon cherche la clé numéro 16 parmi toutes les autres et déverrouille la porte sans aucune difficulté. Les deux amis se tapent dans la main, satisfaits de leur travail d'équipe, et s'aventurent dans un autre couloir.

Aussitôt, une dizaine d'images apparaissent devant eux. Puis, une voix étrange se fait entendre.

« Mon premier sert à transporter de l'eau. Mon second est utilisé pour couper le bois. Mon troisième est le bruit qui sort d'une radio. Mon tout est un aliment qui s'achète à la boucherie. »

— C'est une charade! crie Ad-èLe, enthousiaste. J'ai toujours aimé les charades.

OK. Qu'est-ce que la voix disait, déjà ?

> 6-Mon lui répète
> la première phrase.

— Hum…, hésite Ad-èLe. On peut transporter de l'eau dans un « verre » ou dans un « seau ». Attendons de voir la suite.

— La suite est facile ! lance 6-Mon, sûr de lui. Pour couper du bois, on a besoin d'une « scie ».

— Ou d'une « hache »,
complète Ad-èLe.

— Oui, tu as raison…
Maintenant, on doit trouver
le bruit qui sort d'une radio.
Des « ondes » ? propose
6-Mon.

— Ou des « sons »… Hum…
Pas évident… Oh ! s'écrie
Ad-èLe, en levant le doigt.
Je crois que j'ai trouvé ! À la
boucherie, on peut acheter
du « saucisson », n'est-ce pas ?
« Seau », « scie » « son ».

 **Tu as trouvé!**

6-Mon s'avance vers l'image qui représente un saucisson et la touche avec la main. Aussitôt, la porte de bois s'ouvre et un message apparaît.

« Bravo! Vous avez réussi à vous libérer du labyrinthe. Vous récoltez un biberon, une fermeture éclair et un espace supplémentaire pour votre sac à dos. »

POUF!

Les lumières s'éteignent.

LE
MODULE!

6-Mon et Ad-èLe entrent dans le module sur la pointe des pieds. Cette pièce leur réserve toujours plein de surprises, alors ils ne savent pas trop à quoi s'attendre.

Dès qu'ils avancent de deux pas...

... ils se retrouvent la tête en bas.

Ils ont les pieds au plafond et
la tête dans le vide !

— **Houuulà!**

Cool !

Ils marchent lentement
jusqu'au tableau, qui leur donne
les informations nécessaires.

234

Inventaire du MODULE :

— 1 chenille
— 1 trompette
— 1 tapette à mouches
— 1 traîneau
— 1 biberon
— 1 fermeture éclair

Niveau d'énergie :

Capacité du sac à dos : cinq objets.

— On n'a presque plus d'énergie, constate 6-Mon. On doit trouver un moyen de faire le plein avant d'aller au tableau suivant.

— Oui, mais on n'a plus de toilette volante, réplique Ad-èLe.

— Essayons autre chose.

6-Mon sélectionne la fermeture éclair...

... et se retrouve avec un mécanisme géant juste devant lui.

Les dents de métal se referment à quelques centimètres de sa tête.

— Attention! hurle Ad-èLe. Il t'attaque.

— Oui! J'avais remarqué!

6-Mon court aussi vite qu'il peut, mais rien à faire, la fermeture éclair s'en prend toujours à lui.

— Hé! Lâche-moi! Qu'est-ce que je t'ai fait?

— Ad-èLe! Viens m'aider!

— Je ne sais pas quoi faire! Je n'ai jamais suivi le cours

«Comment se débarrasser d'une fermeture éclair la tête en bas en un rien de temps»!

— Je ne rigole pas! Ses dents sont énooooormes! Elles vont me déchiqueter vivant!

— Si au moins on avait un moyen de lui fermer la trappe...

6-Mon arrête de courir, une étincelle dans les yeux.

— Mais bien sûr! Je n'ai qu'à lui fermer la trappe!

239

Il agrippe la tête de
la fermeture éclair et...

ZOOOOUUUP!

... il la referme d'un coup
sec.

— Et voilà le travail !

Son ennemi à grandes dents
tombe au sol et se met à
pleurer comme un bébé.

Ouin!
Ouin! Ouin!

— Bien joué! le félicite
Ad-èLe.

— Merci. Maintenant, on
doit tenter autre chose. On n'a
toujours pas augmenté notre
énergie.

— C'est vrai. Et je commence
à en avoir assez d'avoir la tête
en bas. Laisse-moi essayer.

Ad-èLe s'approche du
tableau et choisit un objet
à son tour.

CLICK!

Une jolie chenille apparaît au creux de sa main.

— Une chenille? s'étonne 6-Mon. Pourquoi tu as choisi ça?

— J'y suis allée au hasard.

— Je pense que tu ne pouvais pas plus mal choisir. Ça ne sert à rien, une chenille.

— Elle est vraiment mignonne, non? insiste Ad-èLe en la caressant avec

l'index. On pourrait l'appeler Mimi.

— Mimi? On n'a pas besoin d'un animal de compagnie, voyons!

— Allez, dis oui!

— Pas question! se fâche 6-Mon. À moins qu'elle soit capable de nous faire une piqûre d'énergie, ta chenille, je ne vois pas à quoi elle va nous servir!

— Hé! Ne crie pas comme ça! Tu vas faire peur à Mimi.

— N'importe quoi!

Ad-èLe approche la petite bête de sa bouche et lui souffle gentiment :

— Montre-lui de quoi tu es capable, tu veux bien?

Aussitôt dit, aussitôt fait!

La chenille bondit des mains de sa maîtresse et se met à fabriquer un cocon sur un des murs.

Impressionnés, 6-Mon et Ad-èLe la regardent travailler, la bouche grande ouverte. En un rien de temps, la bestiole réussit à construire le plus grand, le plus beau et le plus impressionnant de tous les cocons au monde.

— Wow ! C'est incroyable !
s'émerveille Ad-èLe.

Les deux amis approchent
et se glissent à l'intérieur de la
petite maison. C'est si douillet
qu'ils ont l'impression d'être
couchés dans un lit rempli
de ouate. Ils s'endorment en
un rien de temps.

BIP! BIP! BIP!

Niveau d'énergie :

Ad-èLe se réveille et s'étire.

— **Ahhhhh! Huuuum!** Ça fait du bien! Prêt à continuer, 6-Mon?

— **Huuummm...** Hein? Non, maman... laisse-moi dormir encore un peu...

— Hi, hi! Allez, gros paresseux! On est restés dans le cocon cinq bonnes minutes. On doit continuer.

— Hein? Quoi? Le cocon? demande 6-Mon en se frottant les yeux. Quel cocon?

Il regarde autour de lui et se rappelle qu'il n'est pas dans son lit.

— Cinq minutes? C'est tout? Ti-babouette! J'ai l'impression que ça fait des heures qu'on est là-dedans.

— C'est parce que ma petite Mimi est la plus merveilleuse des chenilles. Elle nous a permis de faire le plein d'énergie. On doit continuer, maintenant.

— Allons-y, mais cette fois-ci, on remplit notre sac à dos !

Inventaire du MODULE :

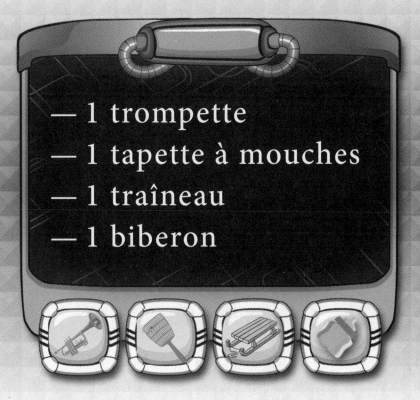

- — 1 trompette
- — 1 tapette à mouches
- — 1 traîneau
- — 1 biberon

Capacité du sac à dos : cinq objets.

«Votre sac contient déjà DEUX Super iVox. Vous avez droit à TROIS objets supplémentaires.»

Les deux amis se consultent et choisissent la trompette, la tapette à mouches et le traîneau.

HOMMES DE CRO-MAGNON

Objectif : guider votre mammouth jusqu'à la fin du tableau.

Récompense : une ampoule, une balle de tennis et un espace supplémentaire dans votre sac à dos.

É-Mon et Ad-èLe sont en état d'alerte!

S'ils se fient à ce qui est écrit au tableau, il y a des mammouths et des hommes de Cro-Magnon dans leur entourage! Ils vont sûrement se faire attaquer!

— Où sont-ils? demande Ad-èLe, prête à se défendre.

— Je ne sais pas. Ouvrons l'œil.

En réalité, il n'y a rien de bien menaçant, dans le décor de ce niveau. Ils se trouvent sur un petit quai et doivent grimper sur le dos d'un mammouth volant trop mignon.

— On dirait un jeu pour les tout-petits, rigole 6-Mon en sautant sur le dos de l'animal.

Ad-èLe le suit.

Le gentil mammouth s'élève dans les airs et avance droit devant.

— Comment fait-on pour le contrôler? demande Ad-èLe.

— Je ne sais pas encore.

Le mammouth fonce sur un bloc de pierre et tombe à l'eau.

«Vous avez échoué. Veuillez réessayer!»

Les voilà à nouveau sur
le quai.

— On devrait essayer de lui
parler, propose Ad-èLe. Peut-
être que c'est comme ça qu'on
le dirige.

— Oui, on peut toujours
essayer. Les amis
remontent sur le dos du
mammouth, qui repart
aussitôt.

— Un peu plus haut !
commande Ad-èLe. Non ! Pas
par là ! On va encore foncer
dans le…

Encore à l'eau.

« Vous avez échoué. Veuillez
réessayer ! »

— Il y a quelque chose qu'on
n'a pas compris, s'impatiente
6-Mon, une fois de retour

sur le quai. Il doit bien y avoir des instructions quelque part.

Les deux amis lèvent la tête. Rien dans le ciel. Ils regardent au sol. Rien non plus. Puis, en observant les murs de pierre, ils aperçoivent…

— Des pictogrammes! s'exclame Ad-èLe.

— À tes souhaits!

— Je n'ai pas éternué, gros bêta! rigole Ad-èLe. Tu vois, ici, ce sont des pictogrammes.

— Je ne comprends rien à ce que tu dis. Sérieusement… tu me parles en français, ou quoi ? Qu'est-ce que c'est, des pi-ki-to-chose ?

— Pic-to-grammes ! Ce sont des dessins utilisés autrefois par les hommes préhistoriques. Ils s'en servaient pour communiquer.

— En quoi ça va nous aider à conduire un mammouth volant ?

— Regarde : ça ressemble à des indications. Ici, on voit un gros animal incliné vers la droite. Juste à côté, il y a un oiseau.

En entendant le mot «oiseau », le mammouth penche son corps vers la droite.

— Oh! Ça le fait bouger! s'écrie 6-Mon, impressionné.

Il regarde les dessins au mur et dit :

— Serpent!

Le mammouth
tourne vers
la gauche.

— Soleil!

Il monte vers le ciel.

— Rivière!

Il redescend en direction
de l'eau.

— On a compris!

— Oui! Ça y est! On peut
y aller!

Ils sont de retour sur le dos du mammouth. Cette fois, c'est la bonne !

Le départ se fait sans problème. Dès que la bête s'approche du fameux bloc de pierre, 6-Mon et Ad-èLe commandent en même temps :

— Oiseau !

— Serpent !

Ils se retrouvent dans l'eau une fois de plus.

«Vous avez échoué. Veuillez réessayer!»

— Il ne fallait pas parler en même temps! se fâche 6-Mon. Tu aurais dû me laisser faire!

— C'est moi qui ai trouvé le code, c'est donc à moi de diriger, proteste Ad-èLe.

— Je suis assis en avant, j'ai une meilleure vision du parcours.

— Je suis une FILLE.

6-Mon fronce les sourcils.

— Et alors?

— Alors? Les filles sont de bien meilleures conductrices que les garçons.

— N'importe quoi! De toute façon, je t'ai laissée conduire

la Lionne dans le premier tableau. C'est à mon tour.

Ad-èLe réfléchit un instant.

— C'est vrai. C'est à ton tour, je suis désolée...

HOP! HOP!

Les revoilà grimpés pour une quatrième tentative.

Cette fois-ci, tout se déroule à merveille. Obéissant aux commandes de 6-Mon, le mammouth parcourt la grotte

en évitant les chauves-
souris, en se penchant
sous les stalactites et en
se faufilant dans des trous
juste assez gros pour
qu'ils puissent passer.

— Oh! Regarde! dit
Ad-èLe en pointant droit
devant. Un homme
des cavernes.

— Qu'est-ce qu'il fait là?

— Il a un gros bâton de
bois à la main. On dirait

que… On dirait… Oh! Il va nous taper dessus! Essaie de l'éviter!

— Je ne peux pas! Le passage est trop serré. On va tomber à l'eau si je descends encore.

— Attends! J'ai une idée.

Ad-èLe sort le traîneau du sac à dos et le glisse sous les pattes du mammouth volant.

— Vas-y! Descends!

6-Mon fronce les sourcils
et crie :

— Rivière !

Le mammouth obéit.
Il descend… descend…
descend… jusqu'à ce que
le traîneau touche à l'eau.

— Yé ! Ça fonctionne !

Le traîneau glisse sur la
rivière à la manière d'un
bateau. Un peu plus loin,

l'homme des cavernes frappe
fort avec son bâton, mais
les aventuriers sont
hors de sa portée.

— On l'a échappé belle!

Le mammouth quitte le traîneau et reprend son envol. Une fois de plus, il continue sa route sans s'arrêter.

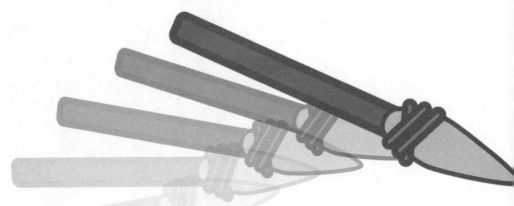

— Attention, 6-Mon!
Une lance!

— Oui, je la vois. SOLEIL!

Hop! Ils montent vers
le plafond.

— Là-bas! Une hyène à
grandes dents! Elle va nous
attaquer!

— OISEAU!

Un virage à droite et
la hyène saute dans le vide.

— On est vraiment trop
forts! Si ça continue, on va
finir ce tableau dans le temps
de le dire!

Sauf qu'en prononçant ces paroles, Ad-èLe n'a pas réalisé qu'une soucoupe volante s'est aventurée dans la grotte pour les attaquer. Elle les bombarde de rayons laser.

DZZITT! DZZUTT!

— Qu'est-ce que ça veut dire? s'étonne-t-elle. Il n'y avait pas d'extraterrestres à l'époque des hommes préhistoriques!

DZZITT! DZZUTT!

— Qu'est-ce que tu en sais? réplique 6-Mon en pilotant son mammouth. SOLEIL! Tu n'étais pas là pour… OISEAU!… pour le savoir.

DZZITT! DZZUTT!

— Ça ne se peut pas, c'est tout!

— Et un mammouth qui vole? crie 6-Mon. Tu crois que ça se peut? SOLEIL! Essaie de m'aider, au lieu de te plaindre. SERPENT! Il y a des soucoupes et des fusées partout!

— Je veux bien, mais on n'a rien pour les détruire, dans notre sac à dos. Je ne vois pas comment je pourrais nous en débarrasser.

6-Mon évite de justesse une nouvelle attaque de rayons laser et crie :

— On a une trompette !

— Une trompette ? répète Ad-èLe. Et alors ? On n'est pas dans un concert de musique.

— Sonne la retraite. SERPENT!

— Hein? La retraite?

— Fais comme dans l'armée. Tu sais? TUT-TUT-TUT-TUT! Ça veut dire qu'il faut s'en aller parce que l'ennemi est trop puissant. RIVIÈRE! OISEAU! Fais ce que je te dis. Souffle fort et fais TUT-TUT-TUT-TUT! SOLEIL! SOLEIL! SOLEIL!

OK...

Ad-èLe n'est vraiment pas certaine que l'idée de 6-Mon va fonctionner, mais au point où ils en sont, ça ne coûte rien d'essayer.

Les lasers s'arrêtent.

— Regarde! Les extraterrestres s'en vont! se réjouit 6-Mon. Je te l'avais dit que ça marcherait!

OUF !

Ils peuvent enfin reprendre leur souffle.

Le tableau est presque terminé. Les envahisseurs de l'espace sont partis, les bêtes féroces vont se coucher et les hommes de Cro-Magnon se cachent dans leurs grottes.

6-Mon dirige lentement le mammouth volant vers le quai de l'autre rive et les deux amis descendent en se tapant dans la main.

— Bravo! les félicite le mammouth. Vous avez réussi! Comme récompense, je vous donne une ampoule, une balle de tennis et un espace supplémentaire dans votre sac à dos.

LE MODULE!

279

— Qu'est-ce qui va nous arriver, cette fois-ci? demande Ad-èLe en entrant dans la pièce qui se métamorphose à tout bout de champ.

Ils ont beau avancer, rien ne se passe. Le MODULE est intact. Les murs, le plancher, le plafond… Chaque chose est à sa place.

— On dirait que tout est normal, constate 6-Mon.

— Justement ! Ce n'est pas normal que tout soit normal !

Puis, sans avertissement, un mur tombe entre eux.

La salle est séparée en deux.

— Hé ! Ad-èLe ? Tu es toujours là ?

6-Mon a beau crier de toutes ses forces, son amie ne lui répond pas. Il s'empare de son Super iVox et lui écrit sur-le-champ.

Ad-èLe? Ça va? Tu n'es pas blessée?

Je vais bien!

Ad-èLe

Qu'est-ce qui se passe?

6-Mon

Aucune idée!

Ad-èLe

Comme pour répondre à leur question, un message apparaît au plafond.

« Vous êtes arrivés au niveau final. Seuls les joueurs les plus intelligents, les plus agiles et les plus courageux réussiront à terminer le jeu

TOP ZONE 1.0

sans perdre la totalité de leur énergie.

« Y parviendrez-vous ?

« Soyez prêts! L'aventure est sur le point de commencer! »

285

Ça y est! On arrive à la fin! On doit se préparer. As-tu accès au tableau?

Ad-èLe

6-Mon

Oui.

Inventaire du MODULE :

— 1 tapette à mouches
— 1 biberon
— 1 ampoule
— 1 balle de tennis

Capacité du sac à dos : six objets.

« Votre sac contient déjà DEUX Super iVox. Vous avez droit à QUATRE objets supplémentaires. »

 **6-Mon** Bonne nouvelle ! On peut tout emporter.

OK. Mets les objets tout de suite dans le sac. **Ad-èLe**

6-Mon s'exécute.

Comment va notre réserve d'énergie?

Ad-èLe

6-Mon

Je ne vois plus les symboles utilisés auparavant dans le jeu, mais il y a des cœurs au-dessus de ma tête.

Oui, j'en ai, moi aussi.

Ad-èLe

 J'imagine qu'on doit arriver à la fin avant d'avoir perdu tous nos cœurs.

6-Mon

Ça me semble logique. Bon. Tu es prêt ?

Ad-èLe

 **6-Mon**

Je ne sais pas… Si j'appuie sur le bouton, vas-tu venir dans le tableau, toi aussi?

Ad-èLe

J'espère bien! Il est hors de question que je reste ici pendant que tu t'amuses tout seul! En plus, tu risques d'avoir besoin de moi.

 **6-Mon** Allons-y, alors !

PIRATES À L'ATTAQUE!

Objectif : récupérer le trésor des pirates pour le rendre au peuple de l'île.

6-Mon est assis à l'intérieur d'un minuscule bateau, au beau milieu de l'océan.

— Qu'est-ce que je fais là?

Il regarde autour de lui et... Oh! Il n'en croit pas ses yeux!

Juste devant lui, il y a un bateau de pirates. Mais ce n'est pas un bateau de pirates ordinaire. Il s'agit du plus gros, du plus solide, du plus impressionnant et du plus

effrayant de tous les bateaux de pirates au MONDE! Il y a même un drapeau avec une tête de mort au sommet d'un des mâts, comme dans les films.

— **Ti-babouette!** Est-ce que je dois y aller? Tout seul, en plus? Où est Ad-èLe?

6-Mon vérifie autour de lui. Aucune trace de son amie. Il est tout seul en pleine mer. Un peu craintif, il s'empare de son iVox.

Je te cherche! Où es-tu ?

Au secours! Aide-moi! Je suis prisonnière!

Prisonnière? Où ça ?

Je n'en sais rien !
Viens me
chercher.
J'ai peur !

Ad-èLe

6-Mon

Je veux bien, mais
je dois te trouver,
avant. Décris-moi
ce que tu vois.

Je suis dans une
bulle transparente.

Ad-èLe

Sur le bateau de pirates?

Hein? Quel bateau de pirates? Non, moi, je suis sous l'eau.

Sous l'eau! Mais c'est grand, l'océan! Comment je vais faire pour te retrouver?

Je ne sais pas, mais dépêche-toi de me sortir de là ! La mer est agitée ! Je vais finir par vomir, si ça continue.

Ad-èLe

6-Mon

Ne t'inquiète pas, j'arrive !

6-Mon range son iVox, prend une grande inspiration et rame aussi vite que possible.

— Oh! Hisse! Oh! Hisse!

Sans le faire exprès, il touche une étoile de mer qui scintille dans l'eau.

ZOOOOUUUP!

Et le voilà qui s'envole dans les airs comme si on l'avait catapulté.

301

— *WWOOOOOOOWW!*

6-Mon ne contrôle plus rien. C'est le jeu vidéo qui le dirige, sans qu'il puisse faire quoi que ce soit. Il survole le bateau

de pirates et atterrit sur une île remplie de gigantesques chaussures.

Elles ne semblent pas dangereuses à première vue, alors 6-Mon tend la main pour toucher une sandale. Celle-ci montre les dents et se met à cracher du feu.

6-Mon roule au sol et réussit à éviter les flammes de justesse.

— Hé! Je ne t'ai rien fait, moi, espèce de machin!

Il se trouve que le «machin» cracheur de feu n'est pas de bonne humeur. Il pousse un cri pour réveiller ses amis, et bientôt 6-Mon se trouve entouré d'une dizaine d'espadrilles, de bottes et

de souliers tous plus agressifs
les uns que les autres.

— Oh! Oh! Je suis dans
le pétrin!

Le feu surgit de partout.

— Aïe! Ça chauffe les fesses!

6-Mon court dans tous les
sens. L'île est toute petite,

alors il en fait vite le tour
pendant que les chaussures
le poursuivent en crachant
du feu.

— Je dois trouver un moyen
de sortir d'ici !

En voyant une étoile
scintiller dans les airs, 6-Mon
comprend qu'il est sauvé.
Il s'arrête pour attendre le bon
moment.

Il attend…

Il attend…

Puis, quand une grosse botte
d'hiver s'avance vers lui,
il prend un élan, grimpe sur
le bout de la botte, escalade
les lacets un à un et saute pour
toucher l'étoile scintillante.

ZOZOOOOUUUP!

Encore une fois, il est
propulsé dans le ciel.

— Yé! J'ai réussi!

Du haut des airs, 6-Mon aperçoit plusieurs petites îles éparpillées sur la surface de l'océan. Il se demande combien d'entre elles il devra explorer avant d'être dirigé vers le bateau de pirates.

Il n'a pas le temps de réfléchir trop longtemps. Cette fois-ci, il atterrit sur le dos d'un gros requin. Sans perdre une seconde, l'animal

plonge sous l'eau et entraîne
6-Mon avec lui dans
les profondeurs
de l'océan.

Au début, 6-Mon craint de se faire dévorer, mais le requin a perdu toutes ses dents, alors il n'est pas très dangereux. Elles flottent dans l'eau et attendent d'être récupérées.

— Je comprends! Tu as besoin d'aide, c'est ça?

Il agrippe les nageoires du requin et tire de toutes ses forces pour le faire avancer plus vite.

En voilà une! Le requin agite
la queue pour montrer qu'il
est content.

En voilà une autre!

En un rien de temps,
6-Mon et son ami parcourent
les fonds marins et retrouvent

toutes les dents de l'animal.
Il y en a dans le sable, sous les
étoiles de mer, dans les algues
et même dans le ventre d'une
baleine à bosse.

— Bravo, requin! On est trop
forts!

6-Mon lui donne une petite
tape pour le féliciter.

— Où est-ce qu'on va,
maintenant?

Le requin change de
direction et lui pointe
quelque chose avec
sa nageoire.

6-Mon aperçoit vite une
grosse bulle transparente.
À l'intérieur, il y a une étoile
qui scintille et une jeune fille
qu'il connaît bien...

AD-ÈLE!

Le jeune garçon est si heureux de retrouver son amie qu'il se dirige vers la bulle sans se poser de questions. Mais très vite, il comprend qu'Ad-èLe est terrifiée. Elle le regarde s'approcher en hurlant et en lui faisant des signes avec les mains.

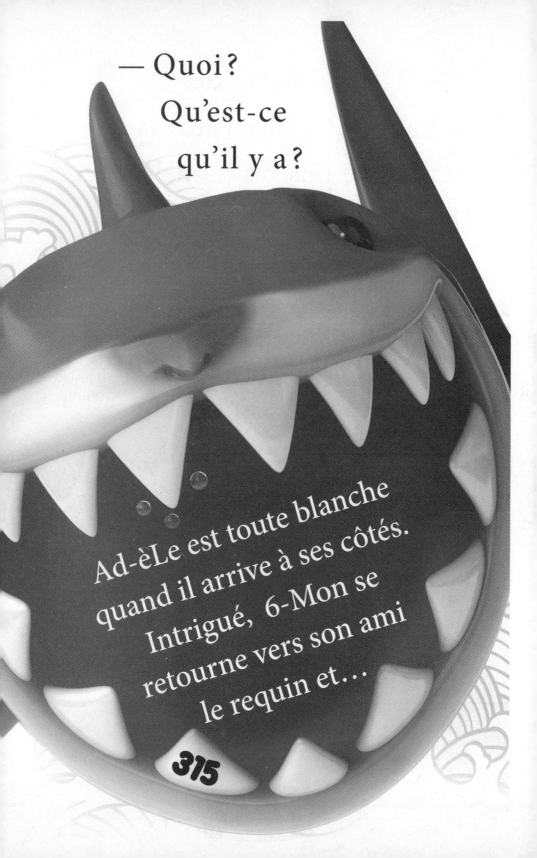

— Quoi?
Qu'est-ce
qu'il y a?

Ad-èLe est toute blanche
quand il arrive à ses côtés.
Intrigué, 6-Mon se
retourne vers son ami
le requin et…

315

— Ti-babouette de ti-babouette! Je n'aurais peut-être pas dû te redonner tes dents! On dirait que tu vas me dévorer!

6-Mon lâche les nageoires de l'animal et s'approche d'Ad-èLe. Ensemble, ils frappent de toutes leurs forces pour tenter de faire éclater la bulle, mais elle semble aussi solide qu'un mur de béton.

BANG! BANG! BANG!

— Allez! Tu vas te briser,
oui ou non?

6-Mon regarde son amie et
lit sur ses lèvres :

— **ATTENTION!**

Il se retourne et se pousse
juste à temps pour éviter
le requin. Les dents de l'animal

317

se plantent dans la bulle,
qui éclate en mille morceaux.

Sans hésiter, 6-Mon attrape
le bras de son amie d'une
main et l'étoile scintillante
de l'autre.

Ils s'envolent côte à côte.

— Merci! Je n'en pouvais plus
d'être enfermée là-dedans!
lui dit Ad-èLe en retrouvant
des couleurs.

— Y a pas de quoi! J'espère
que tu es en forme, parce qu'il
nous reste du travail à faire
si on veut réussir le jeu.

— Est-ce qu'on a encore
beaucoup d'énergie?

— Oui, acquiesce 6-Mon.
Et notre sac à dos est plein.

— Super ! J'ai hâte de continuer !

Les deux aventuriers atterrissent sur une île de sable blanc. Tout au centre, il y a un petit restaurant.

« Le kangou-bou-bou burger. »

6-Mon et Ad-èLe lisent les directives.

321

«Préparez 10 hamburgers
de kangourou en moins de
2 minutes pour nourrir
les clients du restaurant.»

— Facile! s'exclame 6-Mon.
Je suis super bon en cuisine!
On va préparer ça dans
le temps de le dire!

— As-tu déjà cuisiné du kangourou? lui demande Ad-èLe, un peu dégoûtée.

— Non, mais je suis sûr que c'est comme le bœuf. Regarde-moi faire.

« Attention… *CUISINEZ!* »

Pendant que le temps s'écoule, 6-Mon se met au travail. Il allume le four, attrape les galettes de viande, les lance une à une sur la grille brûlante et les retourne à l'aide d'une spatule.

— Tu vois? Ce n'est pas plus compliqué que ça! Fais chauffer les pains, je vais sortir le ketchup et la moutarde.

— Ouin! C'est vrai que tu es bon! J'avais l'impression que tu étais du genre à faire brûler tes toasts, se moque Ad-èLe.

— J'ai plein de talents cachés, réplique 6-Mon en lui donnant un petit coup de coude. Tu vas voir, je vais préparer les meilleurs kangourou-burgers au monde!

— Je te crois, réplique Ad-èLe, les yeux écarquillés...

Mais pour ça, il va falloir
les rattraper !

Les galettes de viande
sautent partout. Il y en a sur
le comptoir, dans l'évier et
même sur le plancher.

— NON! Qu'est-ce qui se passe? crie 6-Mon en courant d'un côté à l'autre du restaurant pour les empêcher de se sauver.

— J'imagine que c'est ce qui se passe quand on essaie de cuisiner du kangourou!

— Zut! Et le temps qui file!

PLIC! PLAC! PLOUC!

6-Mon et Ad-èLe parviennent à rattraper cinq galettes, mais les autres sont déjà loin.

« **VOUS AVEZ ÉCHOUÉ !**

« VEUILLEZ RECOMMENCER. »

— Oh non! On a perdu
un niveau d'énergie! se désole
6-Mon.

— Ce n'est pas grave,
l'encourage Ad-èLe.
Maintenant, on sait ce qui
nous attend. Voici ce qu'on va
faire : je m'occupe du pain,
du ketchup et de la moutarde
et tu te charges des galettes.
Si tu ne les quittes pas des
yeux une seconde, elles ne
pourront pas aller bien loin.

— OK. On fait comme ça.

Attention... CUISINEZ!

Les deux aventuriers recommencent leur recette du début. Cette fois-ci, cependant, ils sont beaucoup plus attentifs à ce qu'ils font. Quand les galettes commencent à sauter...

PIOUP! PIOUP! PIOUP!

6-Mon les rattrape une à une et les replace sur la grille.

— Retourne là, toi! **Zoup!** Et toi aussi! **Zoup**! Arrêtez de vous sauver partout!

— Tout va bien? lui demande Ad-èLe, bien occupée à garnir ses pains.

— Ça va trop vite!
Ces galettes-kangourou ne
veulent pas m'écouter! **Aïe!**
Il y en a une qui m'a mordu!

6-Mon lève le doigt bien
haut. Une pièce de viande y
est accrochée et refuse de
le lâcher.

— Je ne savais même pas
que les kangourous pouvaient
mordre!

— Attends! Je vais essayer
quelque chose, propose
Ad-èLe.

Elle sort la tapette à
mouches de leur sac à dos
et l'agite pour que
les galettes
la voient.

— La prochaine qui saute, je l'aplatis comme une crêpe! C'est compris?

Les galettes pleurnichent quelques secondes...

…et se tiennent enfin tranquilles.

— Bravo, Ad-èLe! C'était une bonne idée!

— Merci! Dépêchons-nous de terminer.

37... 36... 35...

— Les pains sont prêts! Vite! Dépose les kangourous dessus! Oups! Les galettes, je veux dire.

— Tiens. En voilà une. Hop !
Et une autre. Hop !

— C'est bon ! J'ajoute le pain
du dessus.

— On en a deux de prêts.
Plus vite ! Le temps file !

— En voilà deux autres !
Hop ! Hop !

14... 13... 12...

— My God! On ne finira jamais à temps!

— Arrête de parler et reste concentrée!

10... 9... 8...

— Tiens. J'en dépose trois.
Hop! Hop! Hop!

6... 5... 4...

— Et les trois dernières !

Hop! Hop! Hop! Vite !

Mets les pains sur le dessus.

— Et voilà, c'est fait !

«MISSION ACCOMPLIE!»

—On a réussi !

— Oui! On a eu chaud !

Une étoile scintillante apparaît devant eux.

Les deux amis se tapent dans la main et foncent sur l'étoile.

Ils sont projetés dans les airs.

— **You-hou!** J'adore voler !
crie Ad-èLe, un grand sourire
aux lèvres.

— Oh ! Regarde ! dit 6-Mon
en pointant au loin. On voit le
bateau de pirates droit devant !

— Oui, on dirait que c'est là
qu'on va !

6-Mon et Ad-èLe se laissent diriger et descendent tranquillement en direction de l'océan. À peine ont-ils traversé un nuage qu'ils entendent un drôle de bruit.

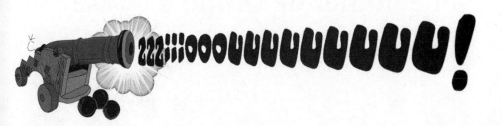

6-Mon plisse les yeux et aperçoit un boulet de canon qui fonce droit sur eux.

— Attention !

Il agrippe l'épaule d'Ad-èLe et réussit à les faire dévier vers la droite.

Le boulet de canon s'écrase dans l'eau.

PLOUF !

— On nous attaque ! s'écrie 6-Mon. Oh non ! En voilà un autre !

Le boulet manque sa cible.

— **Ouf!** On l'a échappé belle!

Les deux aventuriers évitent
les boulets de canon un à un et
se croisent les doigts pour que
l'attaque se termine bientôt.

Enfin, ils atterrissent sur
le pont du bateau de pirates.

Un peu inquiets,
ils prennent un moment
pour observer les alentours
en silence. Il y a des caisses

de bois, des coffres, des filets, et même du matériel de nettoyage.

— Aidez-nous! crie une petite voix. Aidez-nous!

6-Mon comprend vite ce qu'il doit faire. Il pique une course et saute sur une caisse de bois.

345

Aussitôt, un bébé pieuvre
est libéré et retourne à l'eau
en sautant par-dessus bord.
6-Mon
continue.

BONG!

— Fais comme moi! dit-il à Ad-èLe. On doit libérer toutes les pieuvres.

Ensemble, ils sautent un peu partout. En un rien de temps, une vingtaine de bibites gluantes rampent sur les planches du bateau et plongent à l'eau pour retrouver leur maman.

À ce moment précis, un crissement étrange se fait entendre.

Une trappe s'ouvre dans le plancher.

— Super! On a réussi! s'écrie 6-Mon. On a maintenant accès à la cale du bateau.

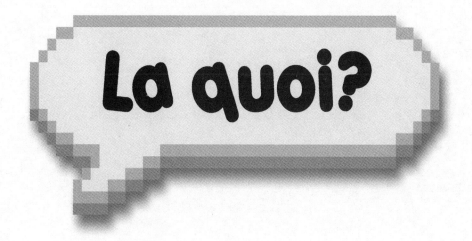

La quoi?

— La cale. C'est comme le sous-sol d'une maison, mais dans un bateau.

—Et tu crois qu'on doit VRAIMENT y aller, dans cette cale? demande Ad-èLe, nerveuse à l'idée d'explorer cet endroit sombre. On ne sait pas sur quoi on peut tomber!

— Je sais, mais on n'a pas vraiment le choix. On doit trouver le trésor si on veut finir le jeu.

Ad-èLe respire un grand coup.

OK. Allons-y, alors!

Les deux aventuriers descendent les marches avec prudence. Dès les premiers pas, ils sont accueillis par un drôle de bruit.

— Qu'est-ce que c'est ? s'inquiète Ad-èLe.

— Je n'en sais rien.
Allons voir.

— Wow! Des robots!

Il y en a au moins une dizaine. Des petits, des grands, des bleus, des verts. Certains ont des pinces, d'autres ont des roues et il y en a même quelques-uns qui parlent.

DÉTRUIRE HUMAINS!

DÉTRUIRE HUMAINS!
DÉTRUIRE HUMAINS!

354

DÉTRUIRE HUMAINS !

DÉTRUIRE HUMAINS !

DÉTRUIRE HUMAINS !

— Oh ! Oh ! Je crois qu'ils vont s'en prendre à nous ! comprend 6-Mon.

Il agrippe le bras de son amie
et l'entraîne avec lui derrière
un gros coffre de bois.

— Qu'est-ce qu'on doit faire? chuchote Ad-èLe en le suivant à reculons.

— Regarde! répond 6-Mon en pointant un truc scintillant au loin. Je crois que c'est le trésor, là-bas.

— Pour vrai? **WOW!** On est vraiment bons!

— Oui, mais le plus dur s'en vient. On doit le prendre sans

que ces
robots nous
écrabouillent.

— On ne réussira jamais à se rendre jusque-là! s'inquiète Ad-èLe. Ces machines nous en veulent à mort! On va perdre toute notre énergie en un rien de temps!

— On doit trouver un moyen. On n'a pas le choix.

Ad-èLe prend son courage à deux mains et tente quelque chose. Elle court aussi vite qu'elle le peut et fonce droit sur un des robots.

Elle lui donne un énorme coup de pied.

Le robot se fâche.

Il agrippe Ad-èLe avec ses grosses pinces et la lance dans un tas de filets de pêche.

— Est-ce que ça va ? s'inquiète 6-Mon en la rejoignant pour l'aider à se relever. Tu n'es pas blessée ?

— Je vais bien, le rassure Ad-èLe en se remettant sur ses pieds. Je suis désolée, on a perdu un niveau d'énergie à cause de moi.

— Ce n'est pas grave. Tu as bien fait d'essayer quelque chose.

DÉTRUIRE HUMAINS !

DÉTRUIRE HUMAINS !

DÉTRUIRE HUMAINS !

— Qu'est-ce qu'on fait, maintenant ?

— Je n'en sais rien. Il n'y a pas beaucoup d'indices, par ici.

6-Mon fouille à l'intérieur de son sac à dos.

— Il n'y a rien pour nous aider, là-dedans, rouspète-t-il en tenant le biberon entre ses mains.

— À moins que ces robots se nourrissent de lait chaud, je ne vois pas à quoi ça pourrait nous servir, en effet, approuve Ad-èLe.

6-Mon replace le biberon dans le sac et sort l'ampoule.

— Et ça? Ça te donne une idée? demande-t-il à son amie.

Dès qu'il prononce ces mots, l'ampoule quitte les mains de 6-Mon et s'illumine au-dessus de sa tête.

366

367

— Quoi? demande Ad-èLe, intriguée.

— J'ai une idée! Je sais quoi faire!

L'ampoule disparaît et 6-Mon s'empare de la balle de tennis qui repose au fond de son sac à dos.

— Qu'est-ce que tu vas faire avec ça ?

— Regarde !

Il lève la balle bien haut et s'adresse aux robots :

Les robots arrêtent de bouger. Ils ont l'air d'attendre quelque chose. 6-Mon agite le jouet dans tous les sens.

— C'est à qui la ba-balle?
Hein? C'est à qui la ba-balle?

Soudain, c'est la folie. Les machines ne savent plus où donner de la tête. Certaines branlent l'antenne, d'autres tournent en rond comme des petits chiens et la plus grande de toutes se cogne au plafond en sautillant sur place.

— Ils sont super contents!
s'étonne Ad-èLe.

— Oui! On dirait qu'ils
ont envie de jouer. Tiens-toi
prête. À «**go**», on court vers
la sortie.

6-Mon lance la balle de toutes ses forces. Sans perdre un instant, les robots s'élancent à sa poursuite en se cognant les uns contre les autres.

CLING! CLANG! CLOUNG!

Ils sont si occupés à se bousculer pour attraper le jouet qui rebondit qu'ils ne font pas attention à Ad-èLe et 6-Mon. En un rien de temps,

les deux aventuriers rejoignent le trésor, émerveillés.

— Wow ! Il y a un tas de trucs qui valent super cher, là-dedans !

— Regarde le collier de perles !

— Et les pierres précieuses !

iNCROYABLE!

Les deux amis agrippent chacun une poignée du gros coffre et se dirigent vers la sortie. Ils referment la porte derrière eux, puis ils éclatent de rire.

— Je n'avais jamais vu des robots se comporter comme des chiens! Avoir su, je me serais amusé un peu. Donne la patte! ordonne 6-Mon en parlant à un robot imaginaire. Fais le beau!

— Couché! ajoute Ad-èLe en ricanant. Au pied!

— Les mains en l'air!

Hein? «Les mains en l'air?»
Personne ne parle comme ça
aux chiens! Ni même aux
robots! Qui a dit ça? se
demandent les deux
aventuriers.

— Vous êtes sourds, ou quoi?
J'ai dit : les mains en l'air!

6-Mon et Ad-èLe se
retournent en même temps et
se retrouvent… en face d'un
groupe de pirates!

Ils ont tous l'air HYPER méchants. Et surtout, ils ont l'air VRAIMENT FÂCHÉS de constater qu'on essaie de leur voler leur trésor.

Le chef s'avance vers eux,
prêt à attaquer.

— On doit réfléchir, chuchote 6-Mon. Il ne nous reste que trois niveaux d'énergie.

— Et un biberon, complète Ad-èLe.

— Oh! Regarde!

Ad-èLe pointe un tas de
noix de coco qui vient
d'apparaître devant eux.

— Euh… On doit
vaincre le chef des pirates
à coups de noix de coco?
demande-t-elle à son ami.

— On dirait. Est-ce que tu vises bien? s'informe 6-Mon.

— Pas trop pire. Et toi?

— Je suis pas mal non plus.

Les deux amis s'emparent chacun d'une noix de coco et surveillent le chef des pirates qui avance vers eux, l'air menaçant.

— Chargez !

Ils lancent leur munition de toutes leurs forces.

Ad-èLe atteint leur ennemi en plein sur le nez.

— Bien joué! Tu l'as affaibli.

Ad-èLe et 6-Mon se tapent dans la main pour se féliciter, mais au même instant le pirate contre-attaque et les atteint tous les deux en même temps.

En plein sur les bras !

— Oh non ! On a perdu
un niveau d'énergie. On doit
rester concentrés, sinon
il va nous avoir !

Le pirate ne fait pas
de pause.

Déjà, il lance une autre noix de coco, que 6-Mon réussit

à éviter en sautant
très haut.

— Bravo ! C'était super !
le félicite Ad-èLe. Oh !
Attention ! En voilà une autre !

6-Mon roule au sol, à quelques centimètres seulement de la noix de coco.

— Continue à le bombarder! crie-t-il à son amie.

— Oui! C'est vrai!

Ad-èLe envoie un projectile et frôle le pirate, qui se penche pour éviter d'être touché. Pendant ce temps, 6-Mon se relève et fait le plein de munitions.

— J'ai une idée! Essaie d'attirer son attention pour le distraire. Pendant ce temps-là, je vais ouvrir le feu.

— Attirer son
attention ?
répète Ad-èLe.
Comment ?

393

— Je ne sais pas !
Trouve quelque
chose.

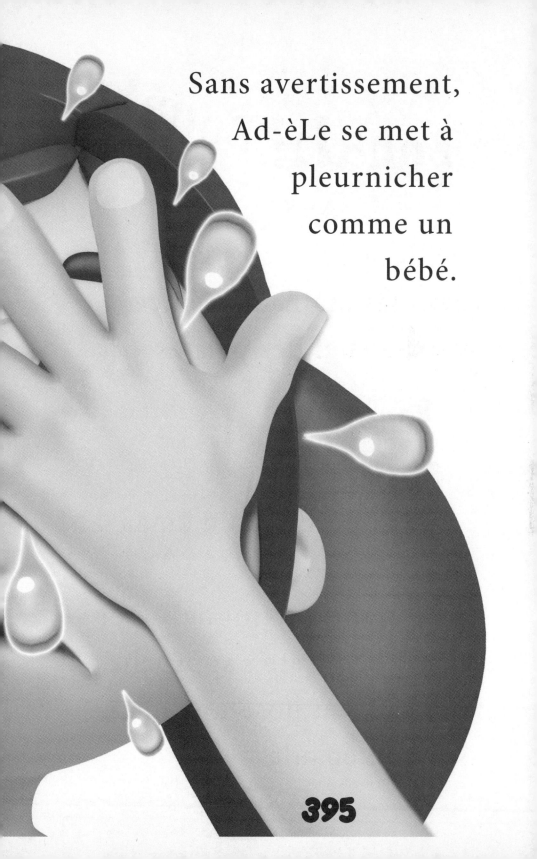

Sans avertissement,
Ad-èLe se met à
pleurnicher
comme un
bébé.

Elle se frotte les yeux avec les mains et avance vers le chef des pirates.

—J'ai perdu ma mamaaaan!

Le plan fonctionne super bien! Le pirate s'approche d'Ad-èLe et pose une main sur son épaule.

Hë! Ça ne va pas, petite?

397

— Nooon! J'ai perdu ma mamaaaan!

— Oh! Je suis désolé. Viens, je vais t'aider à la retrouver.

6-Mon lance plusieurs noix de coco et...

PAF!

... il l'atteint en plein ventre.

TOU... PI... TOU... PI... TOUUUUP...

Le chef des pirates perd l'équilibre et s'effondre au sol comme une grosse roche.

Aussitôt, le coffre aux trésors s'élève dans les airs et illumine le bateau de ses mille et une pièces d'or.

parse

Gaboué bou da gada
poum bibi foum !
Traduction : merci !

« FÉLICITATIONS ! VOUS AVEZ RÉUSSI À REPRENDRE LE TRÉSOR. LES HABITANTS DE L'ÎLE VOUS REMERCIENT ! »

— Hourra! crie 6-Mon.

— On est les meilleurs!
ajoute Ad-èLe.

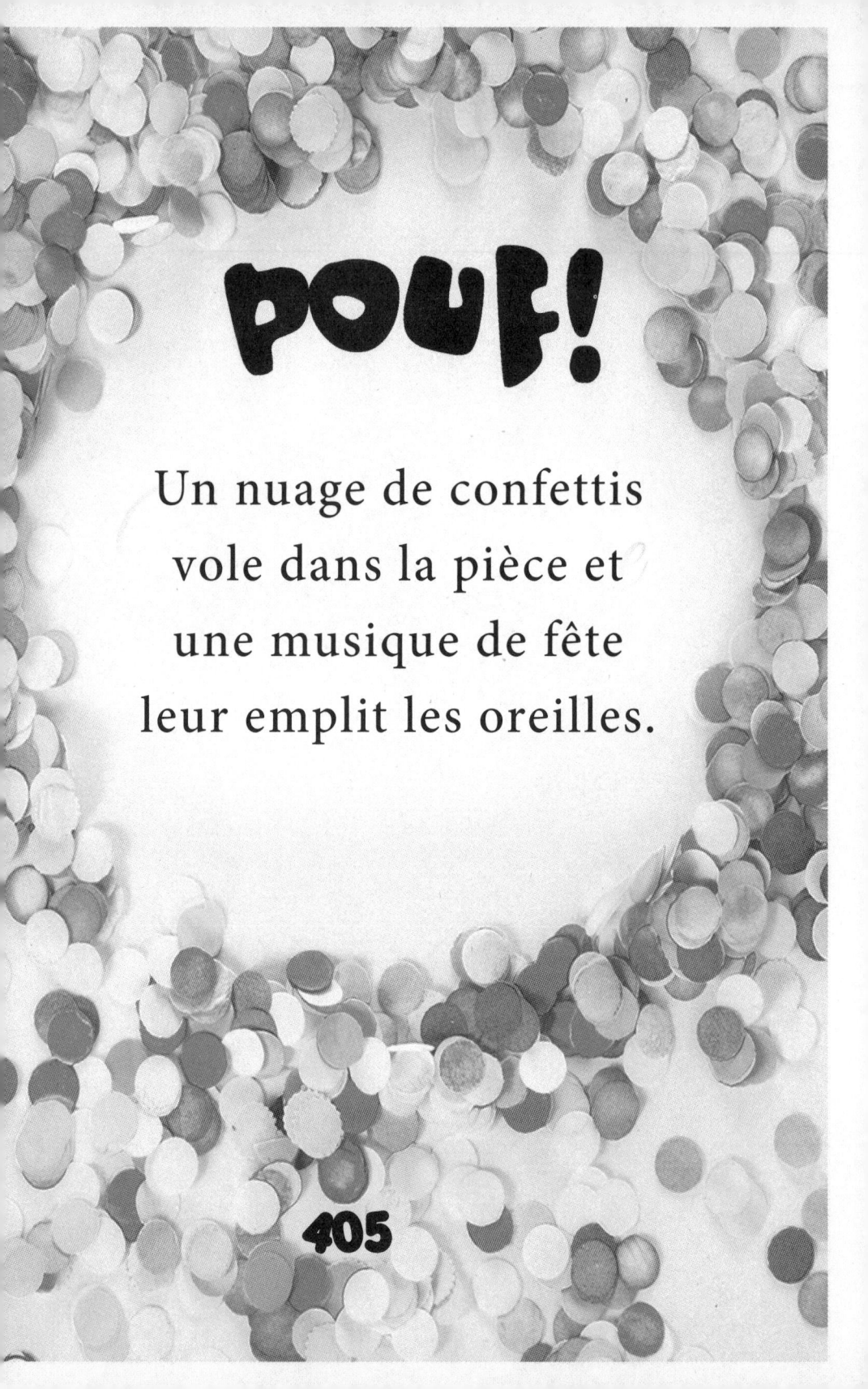

POUF!

Un nuage de confettis
vole dans la pièce et
une musique de fête
leur emplit les oreilles.

Puis, une lumière clignotante apparaît et grossit...

Grossit...

GROSSIT !

¡AHORA!

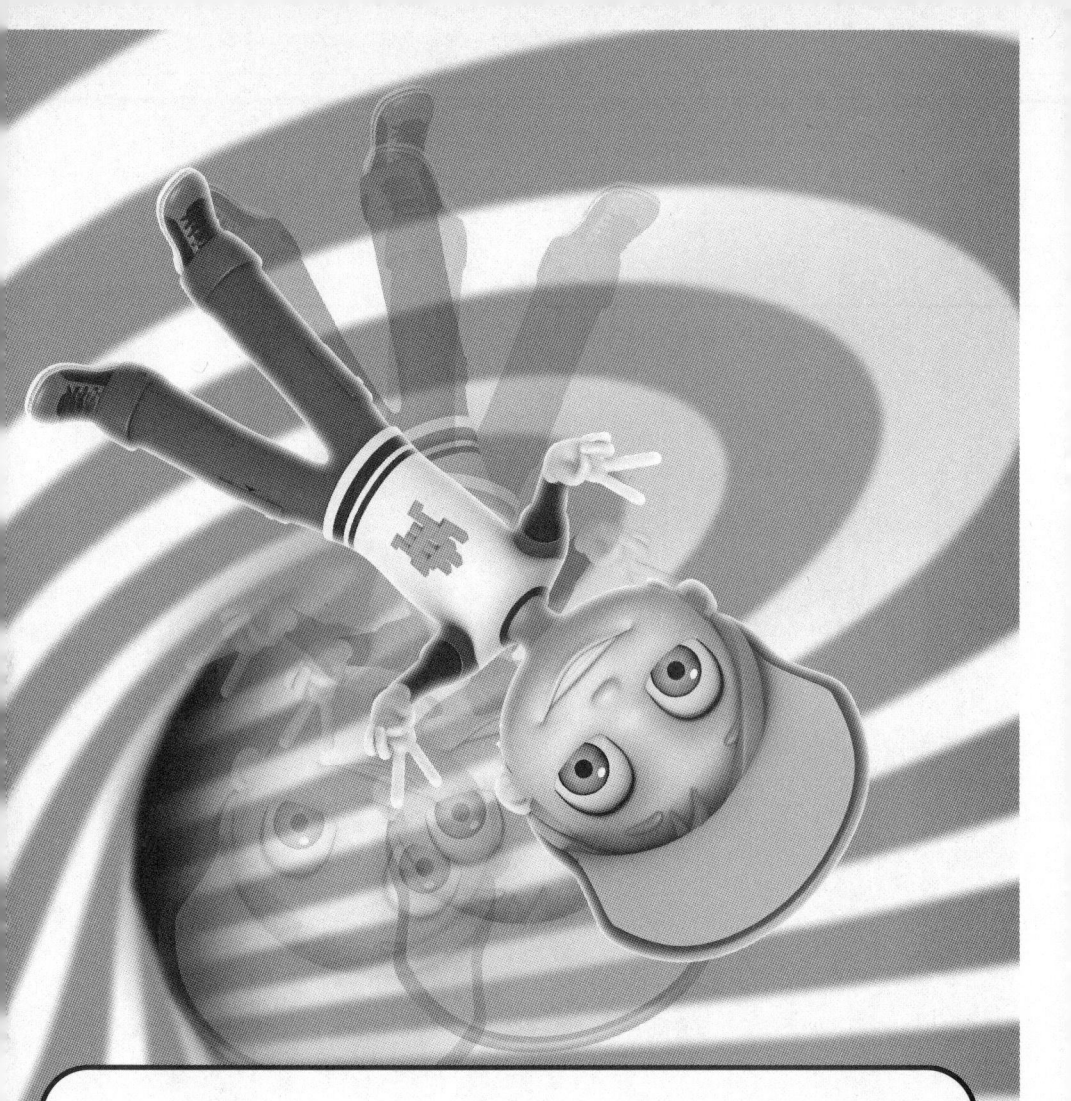

Simon et Adèle sont aspirés à l'intérieur d'un tunnel lumineux qu'ils connaissent bien.

— C'est parti, mon kiki!

— Youhou!

Leur corps flotte un moment et...

POUF!

... ils atterrissent dans la chambre de Simon.

— C'était vraiment **INCROYABLE!** s'exclame la jeune fille, impressionnée. C'est le meilleur jeu au monde!

— Oh oui! Je suis d'accord avec toi! Hé! Regarde! lui dit Simon en pointant l'écran de son téléviseur. Je crois qu'une autre aventure nous attend!

— **Cool!** J'ai hâte de l'essayer!

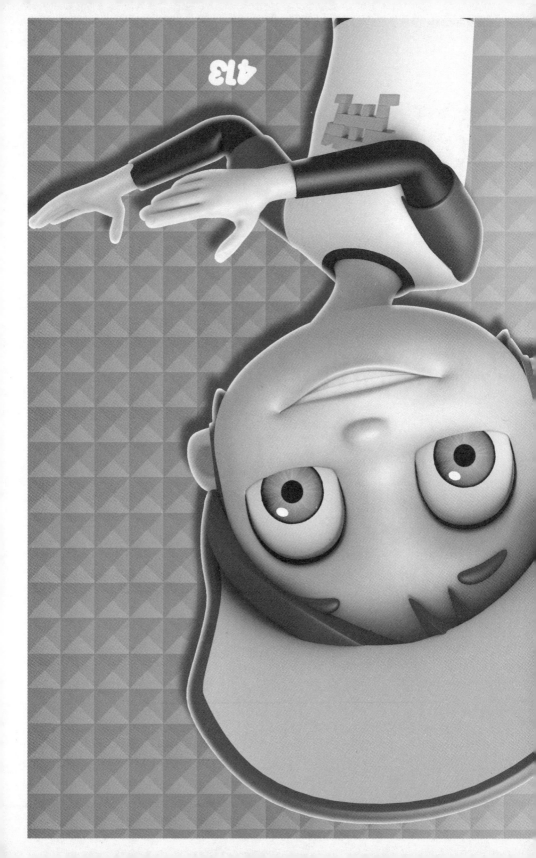

BRAVO!

CHERS AVENTURIERS DES JEUX VIDÉO.

TOP ZONE 2.0

CLIQUEZ ICI POUR
TÉLÉCHARGER
LA NOUVELLE VERSION
DU JEU :

VOUS AVEZ RÉUSSI
TOP ZONE 10!